혁거세 슈퍼

혁거세 슈퍼

송우들 소설

혁거세 슈퍼

차
례

박혁거세 테마파크의 밤

"5, 4, 3, 2, 1!"

일곱 시 정각이었다. 핸드폰과 박혁거세 테마파크를 번갈아 보던 귤희는 아이스크림 냉장고에 자물쇠를 채웠다.

"시간 하나는 칼이다!"

할머니가 혀를 차며 말했다. 귤희는 할머니의 말이 들리지 않는다는 듯이 길가에 두었던 좌판을 정리했다. 박혁거세 신화와 관련된 기념품들이었다. 갈라진 알 사이에서 왕관을 쓰고 있는 아기 인형, 테마파크의 전경이 찍힌 작은 마그넷, 그리고 박혁거세와는 아무 상관없는 게르마늄 팔찌 같은 것들을 상자에 담았다. 먼지를 잔뜩 머금은 잡동사니를 제값 주고 사 가는 사람이 있을까 싶은데도 할머니는 매일 이 좌판을 펴고 접게 했다.

귤희가 '혁거세 슈퍼'의 간판 불을 끄려는데 할머니가 빽 소리를 질렀다.

"마지막으로 나가는 손님 확인도 안 하고 왜 벌써 불을 꺼!"

오늘 내내 테마파크로 들어가는 사람 하나 구경하지 못한 귤희는 할머니의 말에 지지 않고 대꾸했다.

"쫄딱 망한 드라마 세트장 누가 구경하러 온다고! 온종일 개미 새끼 한 마리 안 보였단 말이야."

"저거 저거. 말을 해도 아주 복 있게 하지. 쫄딱 망하긴! 정 관장 말 못 들었어? 이번에 중국에 수출도 한다잖아."

5년 전, 귤희네 동네를 지나는 도로변에 현수막이 하나 걸렸었다.

연주군 대산면 가수리, 드라마 '박혁거세' 세트장 유치!

열다섯 집이 전부인 가수리가 드라마 세트장을 유치할 수 있었던 건 싼 땅값 덕분이었다. 드라마 세트장 착공식이 있던 날은 가수리의 잔칫날이었다. 연주군수가 와서 드라마 〈박혁거세〉 세트장이 가져다줄 연주군과 가수리의 발전에 대해 말했다. 드라마가 끝나면 세트장은 '박혁거세 테마파크'로 만들어져 더 많은 관광객이 찾아올 것이라고 했다. 신라의 시조 박혁거세의 드라마 세트장이 왜 경상도 경주가 아니라 경기도 연주군에 들어오는지에 대한 설명은 없었다. 열 살이었던 귤희는 할머니에게 박혁거세 고향이 우리 동네였냐고 물었고, 동네 어른들과 나눠 마신 막걸리에 취한 할머니는 그런 게 무슨 상관이냐고, 정 붙이면 다 고향이라고 말했다.

그날로부터 5년이 지나 열다섯 살이 되었는데도 아직 가수리가 고향처럼 느껴지지 않는 걸 보면 귤희의 정은 이곳에 붙일 수 없는 것 같았다.

귤희는 가수리를 떠나고 싶었다. 버스로 한 시간이 걸리는 대산중학교에 들어가던 때부터 그랬다.

가게 정리를 마친 귤희는 길 건너에 있는 '혁거세 커피'를 바라봤다. 노란색 컨테이너 '혁거세 커피'의 앞쪽은 통유리로 되어 있었다. 카페 안은 어두웠다. 요즘 들어 보라 언니가 카페 문을 열지 않는 날이 더 많았다. 귤희의 유일한 탈출구가 닫혀 있었다.

귤희는 겹쳐 있던 파란 플라스틱 의자를 하나 뽑아 가게 앞에 앉았다. 저녁 바람이 시원해서 좋았다. 낮 동안 끓어오르던 열기도 해가 지기 시작하면 한풀 꺾인다. 산 속에 안겨 있는 가수리의 장점은 딱 그거 하나가 아닐까 싶었다.

귤희는 냉장고에서 캔 커피 하나를 꺼내 마셨다. 시원하고 달콤한 커피가 들어가니 비로소 하루가 마무리되는 기분이었다.

귤희는 기지개를 켜듯 온몸을 쭉 늘여 폈다. 그때, 귤희의 눈에 번쩍이는 무언가가 보였다. 어두워진 하늘에서 환한 불덩이 같은 것이 떨어지고 있었다. 귤희는 본능적으로 핸드폰 카메라를 켜고 하늘을 찍었다. 눈 깜짝할 사이에 그 불덩이가 떨어진 곳은 테마파크의 정중앙이었다. 그곳이 환하게 밝아졌다.

"할머니! 할머니, 저거 봤어? 저… 저 불덩이!"

귤희는 가게 문을 열고 소리쳤다. 할머니는 TV를 켠 채로 코를 골고 있었다. 귤희는 다시 가게 밖으로 나와 박혁거세 테마파크를 바라봤다. 여전히 테마파크의 한가운데서 밝은 빛이 너울대고 있었다. 야간에 테마파크를 지키던 경비 아저씨는 이미 해고된 지 오래였다. 마을의 다른 집들은 귤희네 가게에서 한참이나 떨어져 있었다. 귤희는 옷에 달린 후드를 뒤집어쓰고 끈을 바짝 조였다. 그리고 보라 언니에게 메시지를 보냈다.

> 언니, 30분 있다 나한테 전화해 줘. 꼭!

메시지 옆의 1은 사라지지 않았다.

귤희는 핸드폰 손전등을 켜고 박혁거세 테마파크로 걸어갔다. 닫혀 있는 정문 오른쪽으로 돌아간 귤희는 익숙하게 티켓 부스 아래의 쪽문을 열었다. 좁은 티켓 부스 안으로 들어가 뒤쪽 문을 열면 테마파크 안으로 들어갈 수 있었다. 손님이 올 때만

티켓 부스 안으로 들어가던 경비 아저씨가 드나들던 통로였다.

빛이 점점 약해지고 있었다. 귤희는 달리기 시작했다. 빛이 떨어진 테마파크의 중앙은 박혁거세의 알이 있는 나정*이었다. 박혁거세가 태어났다는 알 모형 옆에, 너울대는 빛 덩이가 있었다. 하늘에서 떨어질 땐 커다란 불덩이 같더니 가까이에서 보니 영화에 나오는 홀로그램 같은 빛이었다. 빛이 새어 나오는 곳엔 대리석처럼 매끈하고 하얀 타원형의 함이 있었다. 손바닥만 한 크기였지만 거기서 나오는 빛은 테마파크의 하늘을 가득 채울 만큼 강했다.

"뭐지?"

빛은 점점 줄어들더니 사라져 버렸다. 귤희가 핸드폰 손전등을 다시 비추자 알처럼 생긴 하얀 상자가 열렸다. 그리고 그 안에서 무언가가 나왔다.

그건 곤약 같기도 하고, 싱싱한 오징어의 껍질에서 맴도는 무지갯빛 광택 같기도 하고, 막 뽑아낸 가래떡처럼 탱탱해 보이기도 하면서, 하마의 피부처럼 두껍고 매끈하게 보이기도 했다. 하나의 고정된 모양으로 보이지 않는 그것을 보다가 귤희는 단어 하나를 내뱉었다.

"외… 외계인?"

그 말이 신호인 것처럼 그 희끄무레한 존재가 귤희 쪽을 바

---

* 신라 시조 박혁거세가 나온 알이 그 곁에 있었다고 하는 전설상의 우물.

라봤다. 눈이 있는지 없는지 알 수 없으니 바라봤다는 표현이 옳다고는 할 수 없었지만 왠지 귤희는 그렇게 느꼈다.

귤희는 우선 첫발을 떼어야겠다고 생각했다.

"웰컴. 마이 네임 이즈 귤희 박. 나이스 투 미트 유. 웨어 아 유 프럼?"

귤희의 입에서 나온 건 영어였다. 그것도 또박또박한 발음으로. 지구를 찾아올 외계인이 소통을 위해 준비한 언어가 있다면 영어가 아닐까 하는 생각을 했기 때문이다. 그러나 귤희가 그 이상 영어로 말할 수 있는 건 없었다. 귤희는 방과 후 수업을 들어 두지 않은 걸 후회했다. 바로 그때 외계인이 대답했다.

"나 영어 못 해."

세련된 말씨로 우리말 표준어를 정확하게 구사하는 외계인의 대답에 놀란 귤희는 그 자리에 주저앉았다.

"너! 왜 한국말 해?"

"여기 한국이잖아."

귤희는 입이 떡 벌어졌다. 한국어 능력을 장착한 외계인이라니. 귤희는, 우주는 역시 신비로운 곳이라는 생각을 했다.

한국어를 자유롭게 구사하는 외계인을 만나게 될 줄은 상상도 하지 못했지만 귤희는 그 덕분에 여러 가지 문제를 해결할 수 있었다. 귤희는 외계인과 하늘을 번갈아 쳐다보며 물었다.

"궁금한 게 정말 많은데… 우선 지구인을 대표한 질문부터 해야겠다. 왜 지구에 온 거야? 뭐… 지구를 침공하기 전에 답사를 하러 왔다거나 그런 건… 아니지?"

"지구 침공? 뭐 하러? 야! 아니야 그런 거."

귤희는 외계인이라면 다 지구를 갖길 원할 것이라는 생각도 편견이었구나 싶었다.

"그럼 다행이고. 복잡할 일은 없겠네. 그럼 왜 온 거야 너?"

"음… 새로운 도전 같은 거랄까? 그런데 우리 행성에서 듣던 거랑은 좀 다르다."

"응? 뭐가?"

귤희는 외계인이 자신을 빤히 바라보는 듯한 느낌을 받았다.

"네 반응."

귤희는 눈을 끔뻑거리며 생각했다. 어떤 반응을 기대했다는 건지, 저 외계인의 행성에서 표준화된 지구인의 반응이란 어떤 것인지를.

"이렇게 지구에 날아와서 떨어지면 사람들이 막… 되게 잘해주고 신처럼 떠받든다고 했거든."

외계인은 자신의 행성에서 몰래몰래 전해지는 선조들의 이야기를 들었다고 했다. 밝은 빛과 함께 지구로 날아와서 큰 환대를 받고 그들의 추앙을 받으며 지구에 안착했던 선배들의 이야기는 소수만 믿는 전설 같은 이야기였지만 아주 매력적이어서 그것을 동경하는 이들이 남아 있다는 것이다. 귤희는 이 외계인의 이야기를 들으며 낯익은 느낌을 받았다. 진지하고 심각하지만 좀 어설픈… 이 느낌이 틀리지 않다면 귤희 앞의 이 외계인의 나이는… 중2 정도가 되지 않을까 싶었다.

"너 그래서 온 거야? 신이 되고 싶어서?"

외계인의 희끄무레한 빛이 불안정하게 흔들렸다.

"아, 아니… 뭐 꼭 그런 건 아니고. 도… 도전이라니까."

"알았어. 도전. 암튼 반갑다. 아까 말했지만 난 지구인 강귤희야. 넌 이름이 뭐니?"

외계인은 귤희가 처음 듣는 높낮이와 길이를 가진 언어로 자기를 소개했다. 그 긴 이름에서 귤희가 알아 들은 건 '알…' 과 '백…' 뿐이었다.

"내가 듣기 평가를 특히 못 해요. 외계어는 처음이라 더 모르겠다. 네가 괜찮다면 그냥 알백이라고 불러도 될까?"

외계인은 그럴 줄 알았다는 듯이 흔쾌히 허락했다. 그때 귤희의 핸드폰 진동이 울렸다. 보라 언니였다. 아차 싶었다. 보라 언니에게 문자를 보내고 딱 30분이 지나 있었다. 귤희는 화면을 밀어 전화를 받았다.

"귤! 뭐야. 괜찮은 거야?"

귤희는 핸드폰을 손으로 가리며 작은 목소리로 말했다.

"응. 괜찮아. 언니, 내가 이따 다시 전화…."

그때 알백이 끼어들었다.

"다른 지구인이야?"

"뭐야. 귤희. 너 누구랑 있는 거야? 남친 생겼어?"

"아니야. 언니, 일단 끊을게."

귤희는 급하게 전화를 끊었다. 분위기 파악 못 하고 끼어든 알백 때문에 머리가 아프기도 했지만 알백의 목소리를 남자아이의 목소리로 들은 언니도 신기했다. 귤희는 알백과 대화하면서 알백의 성별은 생각해 보지 않았다는 걸 깨달았다. 외계인에게도 성별이 있는지 궁금하기도 했지만 우선 급한 건, 이제 알백을 어떻게 할 것인가였다. 이 지구가, 형체도 없으면서 말을 할 수 있는 존재를 반길 수 있을 만큼 융통성 있는 곳은 아니니까. 귤희는 알백이 말한 선조들이 궁금했다. 지구에 안착했다는 그 선조들은 어떤 모습으로 지내고 있는지.

"사람 모습으로. 지구 시간으로 꽤 오래전이라고 하더라. 좀 특이한 구석이 한 군데씩 있긴 했지만 결국은 지구인이랑 비슷한 모습으로 변했다고 들었어."

귤희는 옆에 있던 박혁거세의 알을 보았다. 다른 신화의 주인공들도 생각났지만 알백에게 굳이 묻지는 않았다.

"그럼. 너도 변할 수 있어?"

"응."

"그럼 빨리 변해 봐."

귤희는 핸드폰 검색으로 한국인들의 사진을 보여 줬다. 알백의 결정엔 꽤 시간이 필요했다. 알백이 다른 행성에서 변할 수 있는 건 딱 한 번뿐이라고 했다.

희끄무레한 빛이 귤희의 핸드폰을 왔다 갔다 했다. 귤희는 되도록 평범한 모습이 좋을 것 같다고 조언했고, 알백은 귤희 또래의 평범한 남자아이로 변했다. 귤희는 막상 대산중학교에도 열 명쯤은 있을 법해 보이는 평범한 중학생의 모습으로 변한 알백을 보자 아이돌의 모습을 제안하지 않은 게 살짝 후회되긴 했지만 지금 알백의 모습은 가장 한국적이고 가장 가수리적이었다. 완벽한 위장이었다.

보라 언니에게서 메시지가 왔다.

> 귤희야. 남친 맞지? 언제 사귄 거야? 너 만나러 놀러 온 거야?
> 다행이다. 사실 언니⋯ 혁거세 커피 닫으려고 하거든.
> 네가 외로울까 봐 걱정이었는데⋯ 남친 생겼으니 언니 없어도
> 되겠음^^ 바닐라 라떼 만들어 줄게. 언니 있을 때 한번 데려와!

보라 언니가 혁거세 커피를 닫을 거란 말 때문에 남자 친구 얘긴 귤희 눈에 들어오지도 않았다.

박혁거세 테마파크가 들어서면서 생겼던 가게들은 다 떠나고 혁거세 슈퍼와 혁거세 커피만 남았다. 할머니 때문에 답답할

때마다 귤희와 같이 수다를 떨었던 보라 언니가 떠난다니… 귤희는 황량한 가수리에 혼자만 남겨진 기분이었다.

귤희는 근처에 있는 육부 촌장의 집 마루에 걸터앉았다. 알백도 귤희를 따라와 옆에 앉았다.

"그래서 앞으로 계획은 뭐야?"

"계획? 음….."

알백이 당황했다.

"이게… 시작부터 내가 생각했던 거랑 좀 달라서… 원래는 사람들이 나를 신처럼 대해 주면 그다음 계획은 필요 없는 거였거든. 내 말 한마디면 막 다 움직이고 그럴 테니까. 그런데… 지금 내 앞엔 너밖에 없으니까…."

알백이 귤희를 뚫어져라 쳐다봤다. 눈빛은 점점 부담스러울 정도로 불쌍하게 바뀌었다.

"뭐… 뭐야. 지금 나보고 널 책임지라는 거야?"

그랬다. 알백의 대책은 불덩이와 함께 지구로 날아와 사람들 눈에 띄는 것뿐이었다. 그리고 그 어설픈 계획에 걸려든 지구인은 귤희뿐이었다. 귤희는 마음 같아선 아까 찍은 불덩이 영상과 알백의 모습을 유튜브 채널에 확 다 올려 버리고 싶었지만 참기로 했다.

"넌 많고 많은 곳 중에 왜 여기로 온 거야?"

귤희가 물었다.

"가능성의 좌표 중 이곳이 제일 안전했어."

귤희는 알백을 쳐다봤다. 귤희는 자기가 알백이었다면 절대 이곳으로 오진 않았을 거라 생각했다. 더 큰 도시로 갔을 거라고. 우주를 날아 도전을 하러 왔다면서 안전한 곳을 택했다니 앞뒤가 맞지 않는 말이었다.

귤희는 알백이 떠나온 행성이 궁금해졌다. 알백도 자기처럼 그 행성을 떠나고 싶었던 이유가 있었을 테니까 말이다. 떠나온 이유… 그것을 생각하자 귤희는 조금은 알백을 이해할 수 있을 것도 같았다.

"그 가능성의 좌표라는 데가 어디 어디였는데?"

"그게 궁금해? 지나간 가능성은 아무 의미 없지. 지금 내가 여기 있으니까."

"뭐야. 심오한 척 하기는… 결국은 가출 같은 거면서."

"아니, 다 이유가 있는 거랬어!"

"누가 그랬는데? 무슨 이유?"

"아, 참… 지구인은 말해 줘도 몰라. 아무튼! 여기가 제일 반짝거려서 온 거야. 차차 알아 가면 되지 뭐."

"넌 참 뭐랄까… 낙천적이다."

"그거 좋은 말이야?"

"어, 뭐. 생각하기 나름이지."

귤희는 한숨을 한 번 쉬고 자리에서 일어났다.

"일어나. 일단 가 보자."

귤희가 알백에게 손을 내밀었다.

"그래. 강귤희! 어디? 저쪽으로 가면 돼?"

알백은 당연하다는 듯이 앞장을 섰다.

알백의 뒷모습을 보면서 귤희는 알백이 차차 알아 갈 선택의
이유에 대해 생각했다.

지구 교육

"고마워 언니. 혹시 할머니가 언니한테 전화하면 잘 얘기해
줘. 응. 이름은 김알백. 언니, 주말에는 오는 거지? 알았어."

알백은 신기한 듯 혁거세 커피 이곳저곳을 둘러보고 있었다.

귤희는 알백을 혁거세 슈퍼로 데려갈 순 없다고 생각했다. 남
학생의 모습을 한 알백을 갑자기 찾아온 친구라며 재워 달라고
하기에도 애매했고, 할머니의 까칠한 눈빛을 이겨 낼 자신도 없
었다. 그래서 보라 언니에게 도움을 청했다. 귤희의 시나리오에
따라 알백은 보라 언니의 사촌 동생이 되었다. 지구에 오자마자
가족 관계까지 생긴 것이다. 알백은 혁거세 커피에 딸린 작은 방
에서 지내기로 했다. 보라 언니가 혁거세 커피를 닫을 것이라고
하니 당분간이긴 하지만 말이다.

"당분간은 여기에서 지내. 네가 다른 목표를 세울 때까지는."

"다른 목표? 그런 건 없는데? 내 목표는 똑같아!"

귤희는 한숨을 내쉬었다. 지구에 내려와 신이 되고 인간들의 추앙을 받는다는 목표라니… 알백이 들었다는 선배들의 후기에는 업데이트가 시급하다는 생각이 들었다. 귤희는 확신에 찬 알백의 눈빛을 보면서 답답함을 느꼈다.

"그 목표란 걸 말이야… 다 이루고 살기는 힘들어. 뭐, 외계인들은 모르겠지만 지구인들도 대부분은 포기하고 절충하고 그러면서 살거든."

귤희는 진지하게 말을 꺼냈지만 알백은 듣지 않고 있었다. 알백은 귤희가 손에 들고 흔드는 핸드폰을 따라 고개를 이리저리 흔들고 있었다.

"아까부터 궁금했는데. 그거. 네 손에 있는 거. 지구인들은 다 그걸 써?"

"이거? 스마트폰? 그렇지. 이거 없으면 외계인 소리 듣지."

귤희는 '외계인'이란 말을 꺼내고는 아차 싶었다.

"그럼 나도 그거 하나 줘."

"야. 내가 돈이 어디 있니?"

귤희가 무슨 말을 하든 소용없었다. 알백의 시선은 핸드폰에 고정되어 있었다. 할 수 없이 귤희는 알백에게 자기 핸드폰을 내주었다. 핸드폰이야말로 알백이 지구에 대해 배울 수 있는 가장 빠른 길이라는 생각이 들었기 때문이다.

"하루 딱 한 시간만 빌려줄 거야. 그리고 꼭 와이파이 존에서만 써야 하고. 가수리에서 와이파이 존은 딱 여기! 혁거세 커피뿐이야. 알았지? 우리 할머닌 텔레비전만 연결했거든."

알백은 귤희의 말을 듣는지 마는지 손에 쥔 핸드폰에 빨려 들어갈 듯 열중하고 있었다. 엄지와 동공의 움직임이 5배속 정도로 움직였다. 누가 봐도 딱 열다섯 중학생의 모습이었다.

알백이 핸드폰에 빠져 있는 동안 귤희는 할머니가 깨지는 않았는지 확인을 하러 혁거세 슈퍼에 갔다. 혁거세 슈퍼의 새시 문을 열고 들어가면 진열된 물건들로 빼곡한 다섯 평 정도의 공간이 나온다. 가장 잘 팔리는 과자류와 컵라면이 중앙 진열대를 차지하고 있고 그 왼쪽으로는 초콜릿, 포장 솜사탕, 젤리류가, 오른쪽으로는 물티슈와 비눗방울 같은 작은 장난감들이 놓인 진열대, 음료 냉장고가 있다. 물건들 때문에 작은 가게가 더 답답해 보였다. 귤희는 처음부터 가게를 좀 넓게 지었으면 좋지 않았겠냐고 할머니에게 물었지만 할머니의 대답은 늘 똑같았다.

"다 돈이다. 세상 제일 무서운 게 돈이야."

귤희는 어두운 미로 같은 슈퍼 안을 능숙하게 지나, 가게 안쪽에 딸린 문을 열었다. 주방 겸 거실 겸 할머니의 방인 공간과 귤희의 방, 그리고 화장실이 전부인 이곳이 귤희와 할머니의 집이다. 어두운 방 안에 텔레비전에서 나오는 빛이 일렁대고 있었다. 텔레비전 프로그램 패널들의 목소리와 웃음소리 사이로 할머니의 코 고는 소리가 들렸다. 잠든 할머니 머리맡엔 할머니의 장부가 있었다.

"장부에 쓸 게 뭐 있다고…."

온종일 손님 하나 없는 슈퍼 장부에 쓸 건 지출뿐일 것이다.

그때 방안에서 '징글벨' 멜로디가 들렸다. 한여름에 울리는 캐럴, 할머니 핸드폰의 벨소리였다. 귤희는 얼른 방 안으로 들어가 할머니의 핸드폰을 찾았다. 핸드폰은 할머니의 장부 아래에 있었다. 070으로 시작되는 번호가 떠 있었다. 귤희는 수신 거부 버튼을 눌렀다. 다행히 할머니는 깨지 않았다.

"휴…."

귤희는 가슴을 쓸어내렸다. 할머니의 핸드폰을 다시 장부 아래로 내려놓으려는데 액정에 뜬 새로운 메시지 표시가 눈에 들어왔다. 귤희는 할머니 핸드폰의 메시지 함을 열어 보았다. 메시지는 새마을금고에서 받은 것이었다. 대출 신청이 반려되었다는 내용이었다. 그리고 그 아래로 대산면에 있는 모든 은행의 메시지가 이어져 있었다. 모두 같은 내용의 메시지였다. 대출이 불가하다는 내용….

귤희는 지난주부터 할머니가 대산면에 다녀오겠다며 나갔던 일들을 떠올렸다. 이 문자메시지들을 보니 그간 할머니의 외출은 다 은행에 가기 위한 것이었나 보다.

귤희는 할머니의 핸드폰을 무음으로 바꾸고 원래 자리에 놓았다.

'잘 때는 돈 걱정 그만 좀 해.'

귤희는 조심조심 문을 닫고 혁거세 슈퍼로 나왔다. 그리고 날짜가 제일 많이 지난 컵라면 두 개를 들고 혁거세 커피로 갔다.

혁거세 커피 안에 알백이 보이지 않았다. 깜짝 놀란 귤희는 카페 테이블 이곳저곳을 살피며 알백을 불렀다.

"야. 알백. 알백! 뭐야. 그새 포기하고 돌아간 거야?"

그때 카페 안쪽 조리대 뒤쪽에서 이상한 소리가 들렸다.

"알백. 너야?"

테이블 뒤 바닥에 웅크린 알백의 등이 흔들리고 있었다.

"야, 왜 그래. 너 울어?"

귤희는 알백의 옆에 앉아 숙이고 있는 알백의 얼굴을 바라보았다가 깜짝 놀라 바닥에 주저앉았다.

"아악!"

알백은 시뻘겋게 충혈된 눈으로 핸드폰 화면을 코앞에 대고 보고 있었다. 알백의 검은자위는 불투명한 흰색으로 덮여 있었다. 핸드폰엔 충전기가 연결돼 있었다. 충전기 선이 짧아 콘센트 옆에 쪼그리고 앉아 핸드폰을 보고 있었던 모양이다.

"너, 눈이 왜 그래. 야. 이제 핸드폰 내려놔!"

귤희는 알백의 손에서 핸드폰을 뺏으려고 했지만 알백의 힘이 세서 쉽지 않았다. 알백의 눈은 이제 흰자위와 붉은 실핏줄밖에 보이지 않았다. 귤희는 알백의 맞은편에 앉아 왼손으론 핸드폰을 잡고 오른손으로는 힘차게 알백의 이마를 밀쳤다.

"읍…."

그제서야 알백은 뒤로 나동그라지면서 핸드폰을 놓았다. 그리고 검은 눈동자 색도 돌아왔다.

"와, 알백 너 눈알이 응? 어휴… 그만두자. 앞으론 핸드폰 금지!"

"지구는 정말… 재미있는 곳이야."

알백이 꿈꾸는 듯한 표정으로 말했다.

"지구인들은 영상을 좋아하는구나? 그렇지? 사진이든 동영상이든 눈에 보이는 거에 다 빠져드네? 일단 보이게 해 주면 진짜라고 믿고? 흐. 흐. 잘됐다. 흐. 흐. 흐. 잘됐어."

"뭐가 잘됐다는 거야?"

"나한테 잘 맞아. 그거 영상 말이야. 내가 얼마든지 만들 수 있거든. 우리 별에선 정말 필요 없는 거였는데. 흐. 흐. 잘됐어."

그때 핸드폰 알림이 울렸다. 귤희는 핸드폰을 확인했다.

"벌써 9시네. 오늘은 올릴 게 없는데…."

귤희는 핸드폰 갤러리를 열어 오늘 찍은 알백의 불덩이 영상을 재생했다.

"이건… 안 되지."

귤희는 자신의 유튜브 채널에 접속했다. 구독자도 댓글도 없는 채널이었지만 귤희는 매달 1일에 꼬박꼬박 영상을 올리고 있었다. 귤희의 채널에 있는 건 열두 개의 가수리 밤하늘 영상이 전부였다. 댓글은 간간이 달리는 광고뿐이었다.

"내가 도와줄까? 오늘 네가 찍은 거랑 아까 내가 변신하는 장면도 더해서 만들어 줄 수 있는데."

알백이 상기된 얼굴로 말했다.

"그걸 올리자고? 너 나사 견학하고 싶니? 애가 진짜 겁이 없네. 그리고 네가 변신하는 건 찍지도 않았어."

"내가 기억하잖아. 내 기억에만 있으면 그거 다 지구인들이 보는 영상으로 만들 수 있어."

"뭐?"

귤희는 자신의 채널에 영상을 올리겠다는 알백을 말렸지만 알백이 만들 수 있다는 기억 속 영상은 궁금했다.

"컵라면 먹을래?"

귤희는 알백과 나란히 앉아 컵라면을 먹으며 알백이 카페의 흰 벽 위로 보여 주는 알백의 기억 속 영상들을 감상했다. 대부분은 빛과 소리로 이루어진 거였다. 현미경으로 보는 세포의 모습 같기도 하고 어려운 현대 미술 작품을 보는 것 같기도 했다. 그렇지만 무언가 눈을 떼지 못하게 하는 힘이 있었다. 귀가 아니라 귤희의 가슴 안에서 그 영상의 이야기들이 조금씩 들리는 것 같았다. 알백을 만난 이상한 밤에 어울리는 것 같다는 생각을 하며 귤희는 따뜻한 컵라면 국물을 들이켰다. 그리고 알백과 동시에 웃었다. 방금 그 장면에서 왜 웃었냐고 누가 묻는다면 설명할 순 없었지만 웃음이 나올 만하게 재미있었다.

알배기 알백

다음 날 아침, 귤희는 자기 방 천장을 바라보며 어제의 일을 곱씹었다. 열다섯 가수리의 인생에서 이런 대형 사건을 겪게 될 줄 몰랐다.

'외계인이라니….'

귤희는 누렇게 바랜 천장 벽지의 무늬를 멍하니 쳐다봤다. 동그란 원이 열 겹쯤 그려진 무늬가 규칙적으로 반복되고 있었다. 그 원 사이에 꺼멓게 말라붙은 점이 하나 있었다. 얼마 전 할머니가 파리채로 잡은 파리의 핏자국이었다. 생각이 많아진 아침, 귤희에겐 그 사소한 무늬마저 의미 있게 보였다. 지루하게 반복되던 귤희의 동글동글하던 시간 안으로 알백이란 점이 툭, 찍힌 것이었다.

'알백… 알백… 쟤를 이제 어떻게 하지? 알….'

그때 귤희의 방문 밖에서 할머니의 쩌렁쩌렁한 목소리가 들렸다.

"알백이네!"

설마! 귤희는 벌떡 일어나 방문을 열고 나갔다. 할머니가 싱크대 앞에 서 있었다.

"할머니, 뭐?"

귤희는 다급하게 할머니에게 물었다.

"어쩐 일로 안 깨워도 일어났어? 이거 봐. 밭에서 하나 뽑아 왔는데 그새 이렇게 속이 꽉 찼어. 알배기야 알배기."

할머니의 손엔 반으로 쪼갠 배추가 들려 있었다.

"아… 그 알배기…."

귤희는 떨어졌던 간을 주워 담았다. 시계를 보니 아직 일곱 시밖에 되지 않았다. 어젯밤 늦게 잠들었는데도 일찍 눈이 떠진 게 귤희 자신도 신기했다. 귤희는 먼저 알백부터 확인해야겠다고 생각했다. 귤희에게 알백은 매 순간이 불안한 존재였기 때문이다.

"혁거세 커피 좀 다녀올게."

"보라도 없는데 거길 뭐 하러?"

"어… 보라 언니한테 연락 왔었는데. 보라 언니 사촌 동생이 어제 찾아왔대. 언니 없는 거 모르고 와서 혼자 카페에 있을 거라고 챙겨 달라고 해서 가 보려고."

"사촌 동생?"

배추를 썰던 할머니가 휙 뒤를 돌아봤다. 귤희는 할머니의 눈빛을 피하며 서둘러 가게로 통하는 문을 열었다.

"금… 금방 올게요."

"너 존댓말 하는 게 수상하다."

귤희는 발가락에 걸치듯 신발을 꿰어 신고 가게 밖으로 뛰어나갔다. 귤희가 제일 자신 없는 것이 거짓말이었다.

"암튼, 쓸데없이 촉이 좋다니까."

귤희는 혁거세 커피를 바라봤다. 혁거세 슈퍼 쪽으로 난 통창으로 햇빛이 맹렬하게 내리꽂히고 있었다. 카페 안에 알백의 모습은 보이지 않았다.

"아직 자고 있나? 아침형 외계인은 아니군."

귤희는 비밀번호를 누르고 카페 안으로 들어갔다. 카페 안은 찜통이었다. 알백이 자는 방 에어컨을 틀어 주고 가길 잘했다는 생각이 들었다.

귤희는 카페를 가로질러 알백이 자고 있을 뒷방 쪽으로 갔다. 주방을 지나 뒷방 문쪽으로 가던 귤희의 발밑으로 모래 같은 것이 밟혔다. 발밑을 보니 모래가 아니었다. 하얀 가루가 군데군데 뿌려져 있었다. 하얀 가루는 주방 테이블 쪽으로 이어져 있었다. 불길했다. 어젯밤만 해도 카페 바닥은 깨끗했다. 알백의 짓이라는 건 의심할 여지가 없었다. 귤희는 불길한 예감을 누르며 주방 테이블 뒤로 돌아가 봤다.

"헉!"

재앙이었다. 주방 안쪽의 모습을 다른 말로 설명할 수가 없었다. 바닥에 흩어져 있던 하얀 가루의 정체는 설탕이었다. 주방 안쪽에 있던 대용량 설탕 봉지 가운데가 터져 있었다. 주방 바닥 여기저기 설탕 가루가 떨어져 있었다. 싱크대 아래 수납장 문 한 짝이 열려 있었다. 귤희는 심호흡을 하고 그 안을 들여다봤다. 커피용 시럽 통들의 뚜껑이 모두 열려 있었고 대부분은 비어 있었다. 그리고 바닥엔 끈적끈적한 시럽이 흘러 있었다. 생쥐 떼의 습격이라도 당한 꼴이었다. 귤희는 어른들이 왜 충격을 받을 때 뒷목을 잡는지 알 것 같았다. 누가 뒷목을 잡아당기기라도 하는 것처럼 뒤통수가 뻣뻣해졌다. 귤희는 단전에서부터 끌어올린 소리로 알백을 불렀다.

"알배액!"

귤희는 방문을 거칠게 열어젖혔다.

"야! 카페 꼴이 이게 뭐야!"

알백은 모로 누워 있었다. 그 태평한 뒤태를 보니 더 화가 치밀었다. 귤희는 벽 쪽을 향해 있는 알백의 등을 잡아 내렸다.

"으…."

그런데 알백의 상태가 이상했다. 자고 있는 게 아니었다. 창백해진 얼굴로 신음을 내고 있었다.

"야. 너 왜 그래. 어디 아파?"

"므…."

"아니. 그러니까 설탕이랑 시럽은 왜 다… 너 설마 저걸 다 먹은 거야?"

알백은 힘겹게 눈을 뜨고 귤희를 쳐다봤다. 창백한 알백의 얼굴에서 입 주변만 반짝이고 있었고 알백이 신음을 낼 때마다 다디단 냄새가 진동을 했다.

"어휘! 그걸 다 먹었어? 그래서 아픈 거야? 너… 혹시 당뇨 있었니?"

알백은 힘없이 고개를 저었다.

"그럼. 뭐야. 왜 이러지? 타이레놀 같은 거라도 가져올까?"

귤희가 약을 가지러 나가려는데 알백이 기어 들어가는 목소리로 말했다.

"무… 물…."

"물? 그래 알았어."

귤희는 물 한 잔을 떠서 알백에게 먹였다. 알백의 목소리가 조금 돌아왔다.

"더… 더…."

몇 번 더 물잔을 나르던 귤희는 알백의 '더 더' 소리에 큰 주전자 가득 물을 받아다 주었다. 알백은 그 주전자로 두 번 더 물을 마신 뒤에야 원래대로 돌아왔다. 놀라기도 하고 물을 나르느라 지치기도 했던 귤희는 힘없이 물었다.

"그러게 왜 그 많은 걸 다 먹어서…."

"그거 때문에 아팠던 거 아니야."

"그럼 뭣 때문에 그랬던 건데? 뭐 시차 그런 거야?"

"아니… 그 설탕이란 거 옆에 있던 까만 걸 먹었다가…."

귤희가 돌아가고 카페에 혼자 남은 알백은 자기가 좋아하는 냄새를 맡았다. 카페에서 쓰는 설탕과 시럽을 발견한 알백은 정신없이 그것들을 먹고 마셨다. 머리카락이 쭈뼛 설 만큼 맛있었다. 달콤한 것이 더 없을까 뒤지던 알백의 눈에 들어온 건 커피 원두였다. 좋아하는 냄새는 아니었지만 좀 전에 먹은 것들 옆에 있으니 맛은 비슷할 거라고 생각한 알백은 원두를 한 주먹 집어 먹었다. 그러고 나서 갑자기 열이 오르고 어지러워 밤새 앓았던 것이다.

"원두가 좀 쓰긴 하지만 설탕이랑 시럽을 그렇게 먹은 건 괜찮고 원두 한 줌엔 의식을 잃었다고?"

"혹시 그 안에… 카페인이 들어 있어?"

"어. 카페인의 대명사가 커피지."

알백은 무서운 얘기라도 들은 것처럼 온몸을 떨었다.

귤희는 외계인에게 카페인은 사약과 같다는 것을 알게 되었다. 슈퍼맨의 크립토나이트가 알백에겐 카페인이었던 것이다.

알백이 좀 기운을 차린 걸 보고 귤희는 혁거세 슈퍼로 돌아왔다.

"보라 사촌 동생은?"

"아, 와 있더라고. 남자앤데 나랑 동갑이래."

"밥때 됐는데 왜 같이 안 오고?"

"낯을 많이 가리는 거 같아."

그때 슈퍼 밖에서 우체부 아저씨의 목소리가 들렸다.

"등기 왔습니다. 이미자 씨?"

"미자가 아니라 미지! 왜 남의 이름에 함부로 점을 찍어? '미지의 세계' 할 때 그 미지! 얼마나 좋은 이름인데!"

귤희는 한숨을 쉬며 집 안으로 들어갔다. 할머니의 이름을 건드렸으니 우체부 아저씨는 할머니의 독설 한 바가지를 들어야 돌아갈 수 있을 것이다.

싱크대 앞에는 동그란 밥상이 펴 있었다. 할머니는 벌써 밥을 다 먹었는지 개수대에 빈 밥그릇이 담겨 있었다. 할머니가 아침에 뽑아 온 알배기 배추는 된장국 안에 들어가 있었다. 배추 된장국에 묵은 김치, 콩자반, 갓김치. 오늘도 같은 메뉴였다. 귤희는 알백한테 어떻게 밥을 먹여야 하나 고민하고 있었다. 그때 할머니가 시뻘게진 얼굴로 들어왔다. 손에는 뜯긴 봉투를 쥐고 있었다.

"이것들. 아주 사기꾼 같은 것들!"

할머니는 서랍에서 뭔가를 꺼내 손가방에 넣더니 씩씩거리며 밖으로 나갔다.

"나 늦을지도 모른다. 가게 잘 지켜. 좌판 잘 보이게 깔고, 손님 놓치지 말고!"

귤희는 손님이 하나라도 와야 놓치든 말든 할 거 아니냐고 하려다 말을 삼켰다. 할머니는 벌써 버스 정류장 쪽으로 걸어 내려가고 있었다.

귤희는 알백을 혁거세 슈퍼로 데려왔다. 알백에게 뭐라도 먹여야겠다는 생각으로 데려오긴 했지만 이 자연 친화적인 밥상을 마주하고 앉자 걱정이 되기 시작했다.

"차린 건 없지만 많이 드시라는 말이 지구인들이 식사에 초대한 사람에게 하는 인사야. 그런데 이건… 진짜 차린 게 없긴 하다. 일단 좀 먹어 봐."

알백은 배추 된장국을 한입 떠서 먹었다. 귤희는 긴장한 얼굴로 알백의 표정을 지켜봤다. 알백은 맛을 음미하듯이 입술을 달싹거렸다. 그리고 무언가를 발견한 것 같은 표정을 지었다.

"이거 좋다! 좋아!"

두 눈이 커진 알백은 국그릇째 들고 국물을 들이켰다. 배추된장국의 시원함을 아는 외계인이라니… 귤희는 알백이 영어 한마디 못하는 한국형 외계인이었다는 사실을 다시 한번 떠올렸다.

"다른 것도 먹어 봐."

알백은 갓김치를 먹고 다시 배추 된장국을 먹고 밥을 먹었다. 순서는 뒤죽박죽이었지만 이 토종 메뉴들을 볼이 불룩해질 만큼 몰아넣으며 맛있게 먹었다.

"잘 먹어서 다행이다. 그런데 이건 왜 안 먹어?"

귤희가 콩자반 한 알을 집어 들고 말했다. 알백은 도리질하며 말했다.

"그것도 커피 아니야? 비슷하게 생겼는데?"

"아. 이건 검은콩이야. 커피 아니니까 한번 먹어 봐."

귤희는 알백의 밥 위에 콩자반을 올려 주었다. 알백은 여전히 의심스러운 표정으로 콩자반을 노려보다가 밥과 함께 크게 떠서 먹었다.

"우와. 이것도 맛있어! 강귤희 너는 매일 이렇게 맛있는 걸 먹고 살았구나. 부럽다."

알백은 입맛마저 한국적인 외계인이었다. 귤희는 밥 한 톨, 국물 한 숟갈 남기지 않은 알백을 보며 다행이라고 생각했다. 알백의 식성을 다 파악한 아침, 귤희는 자기 앞에 나타난 외계인이 까다로운 존재가 아니라는 데 기뻐하고 있는 자신이 어이없었다.

"편식 안 하는 우리 집 외계인이 까탈스러운 옆집 외계인보다 백배 낫지. 뭐 그런 거냐고! 참 내…."

귤희는 설거지를 하는 내내 중얼거렸다.

할머니는 밤이 되어서야 돌아왔다. 지친 얼굴로 돌아온 할머니는 냉장고에 있던 막걸리부터 꺼내 들었다. 막걸리 한 잔을 쭉 들이켜고 나서야 할머니는 귤희를 쳐다봤다.

"왜 이렇게 늦었어. 막차도 놓친 줄 알았네."

할머니 얼굴엔 피곤과 어둠이 가득했다.

"밥은?"

"이거면 됐다. 자라."

할머니는 두 번째 잔을 마셨다. 귤희는 알고 있다. 뭘 더 물어도 할머니는 아무런 대답을 안 하리라는 걸. 여기서 귤희는 퇴장해야 한다는 걸.

귤희는 배춧국 한 그릇을 떠서 할머니 앞에 놓았다. 그리고 자기 방으로 들어가 문을 닫았다.

'알백은 자고 있을까?'

귤희는 낮 동안 알백과 가수리 이곳저곳을 돌아다녔다. 알백은 지구인들이 궁금하다며 만나러 가고 싶다고 했지만 귤희는 어디로 튈지 모르는 알백을 덜컥 사람들 앞에 내놓을 수가 없었다. 우선 가까운 곳부터 파악해 보라며 알백을 데리고 가수리부터 돌았던 것이다. 설레는 얼굴로 귤희를 따라나섰던 알백은 곧 지루한 표정이 되었다. 이 한적한 가수리에서 알백이 만날 수 있는 사람은 할머니 할아버지 몇 명이 전부였으니 그럴 만도 했다. 그나마 알백의 관심을 끈 것은 고속도로 근처의 대형 물류 창고

들이었다. 가수리에서 큰 건물은 박혁거세 테마파크 외엔 물류 창고들뿐이다.

"저기 안에 사람들이 모여 있는 거야? 가 보자!"

"사람보다 물건이 더 많지."

귤희는 그렇게 지루한 가수리 탐방을 마친 알백을 데리고 돌아왔다.

귤희는 내일 아침 알백이 혁거세 커피에 없을 수도 있겠다는 생각을 했다. 가수리를 다 알게 된 외계인이 이곳에 남아 있을 이유가 없을 테니까… 알백이 가진 가능성의 좌표는 가수리만이 아닐 테니까… 그때 밖에서 할머니의 노랫소리가 들렸다.

"정들면 내 고향, 당신이 있으니 내 고향. 아아아아 내 사랑 당신이 내 고향이라."

귤희는 할머니의 노랫소리를 들으며 잠이 들었다.

9번 홀 자리

할머니가 보이지 않았다.

아침에 일어난 귤희의 머리맡엔

'서울에 다녀오마.'

딱 한 줄만 쓰인 쪽지가 놓여 있었다. 귤희는 눈을 비비며 일어나 다시 한번 쪽지를 읽었다. 그 한 줄이 쉽게 이해되지 않았다. 할머니는 연주군을 벗어나는 걸 싫어하던 사람이었다. 그런데 서울이라니. 귤희는 할머니에게서 서울에 관한 말은 단 한 번도 들어 본 적이 없었다.

할머니 핸드폰으로 전화를 해 봤지만 신호만 끈질기게 이어질 뿐이었다.

귤희는 어젯밤 보았던 할머니 얼굴의 피곤과 어둠을 생각했다. 어제 할머니는 어딜 다녀온 것일까?

'물어볼걸….'

귤희는 핸드폰 메시지 창을 열어 '서울엔 왜?'라고 썼다가 지웠다. 늘 그래 왔듯이 귤희는 모른 척 기다려야 할 것 같다고 생각했다. 그만큼이 할머니와 귤희 사이의 거리니까. 할머니의 노랫소리가 외롭게 들릴 때도, 할머니의 얼굴에 어둠이 내려앉아 있을 때도 귤희는 모른 척해야 한다. 처음엔 어려워서였고, 이제는 알아서였다. 할머니가 원하는 거리가 그만큼인 것을.

"강귤희. 아침이야!"

알백의 목소리였다. 동그랗던 귤희의 시간 안으로 들어온 알백의 목소리. 알백은 아직 가수리에 있었다. 귤희는 안도하는 자기 마음을 느끼며 혁거세 슈퍼로 나갔다.

"오늘은 사고 안 쳤지? 보라 언니 내일은 온다고 했어. 어제 카페 치우느라 엄청 고생했다. 제발 얌전히 있자?"

"시작부터 잘못된 거 같아. 신처럼 대해 주는 인간들도 없고, 잔소리하는 지구인만 있고. 후…. 다시 떨어져야 하나…."

알백의 한탄을 들으며 귤희가 가게 앞에 기념품 테이블을 펼때였다. 박혁거세 테마파크로 향하는 도로에 빨간 관광버스 세 대가 올라오고 있었다. 귤희와 알백은 그 관광버스 행렬을 지켜봤다. 버스 안의 아이들을 보며 알백의 표정이 점점 밝아졌다.

"많다. 지구인들이 많아!"

귤희가 잡을 새도 없이 알백이 버스를 따라 박혁거세 테마파크 주차장으로 달려갔다. 귤희가 불렀지만 알백은 멈추지 않았고, 버스에서 내리는 아이들 틈에서 알백을 찾긴 힘들었다.

"아직도 방학 안 한 학교가 있네? 밀린 체험 학습인가?"

관광버스 앞 전광판에 '한울중학교'라는 글자가 지나가고 있었다. 할머니가 있었다면 오랜만에 단체 손님이 왔다고 좋아했을 것이다. 귤희는 컵라면 박스를 뜯어 매대 가득 채워 놨다. 테마파크 안에 있던 식당들이 문을 닫은 지 꽤 되었다. 아이들이 뭘 사 먹을 수 있는 곳은 혁거세 슈퍼가 유일하니 점심시간엔 아이들이 우르르 몰려올 것이었다. 귤희는 기념품 테이블에도 마그넷과 게르마늄 팔찌를 더 꺼내 올려 두었다.

"오늘 재고 좀 털었으면 좋겠네. 그런데 이 게르마늄 팔찌는 왜 자꾸 주문하는 거야. 요즘 누가 이런 걸 사겠냐고."

버스에서 내린 아이들은 줄을 서서 박혁거세 테마파크 안으로 들어갔다. 그중 몇몇 아이들이 혁거세 슈퍼 쪽으로 달려왔다. 그 뒤로 알백이 터덜터덜 걸어오고 있었다.

먼저 들어온 아이들이 냉장고에서 콜라와 바나나 맛 우유를 꺼내 왔다.

"삼천오백 원입니다."

물건을 담은 봉지를 건네주던 귤희는 문 쪽에 서 있던 한 아이를 보고 그대로 굳어 버렸다. 앞에 있던 아이들은 봉지를 받아 나가면서 그 아이의 어깨를 툭 쳤다.

"오윤주! 뭐 해? 가자."

"어. 잠깐."

그 아이가 슈퍼 안으로 들어왔다. 귤희는 주먹을 꽉 쥐고 서 있었다.

"오랜만이다. 강귤희."

귤희는 그 아이의 말이 들리지 않는 척 다른 아이들이 가져온 물건을 계산하고 있었다.

"이천칠백 원입니다."

"너희 집이 여기였어? 정말 멀긴 했네. 뭐 암튼 이렇게 봐서 반가웠다."

오윤주라는 아이는 슈퍼 밖으로 나가 자기 친구들과 함께 사라졌다.

아이들이 혁거세 슈퍼를 빠져나가고 실망한 표정의 알백이 들어왔다.

"지구인들이 생각보다 호기심이 없다. 나한테 관심도 없어…. 저 지구인들이 그러는데 박혁거세 테마파크 오늘이 마지막이라 보러 온 거래. 지나가는 길에. 그럼 이제 여기 아무도 안 와?"

귤희는 아직도 멍하니 서 있었다. 알백이 떠드는 말이 하나도 귀에 들어오지 않았다. 오윤주를 이렇게 만날 줄은 몰랐다. 그 얼굴을 다시 보자 평온하게 가라앉아 있다고 생각했던 것들이 삐죽하게 올라오는 것이 느껴졌다.

오윤주는 작년, 1학년 때 같은 반이었던 아이다. 늘 무리의 중앙에서 걷던 아이. 자기 기분 내키는 대로 말하고 교묘하게 아이들을 조종하던 아이였다. 그런 오윤주의 눈에 왜 귤희가 거슬렸는지 알 수가 없었다. 대산중의 외계인이라 불렸던 귤희가 오윤주의 무리 뒤를 따르지 않아서였을지도 모른다. 귤희는 오윤주라는 아이가 눈에 들어오지 않았다. 그래서 다른 아이들처럼 오윤주 무리의 일원이 되기 위해 기웃거릴 일도 없었다. 손아귀 가득 쥐고 있으면서도 그 손 밖에 있는 것마저 마저 쥐고 싶었던건지, 오윤주는 귤희를 괴롭히기 시작했다. 그쯤 무시해 주겠다고 생각했는데 그게 오윤주를 더 자극했던 건지 오윤주는 점점 더 귤희에게 집착했다. 그렇게 한 학기를 보냈다. 그런데 귤희보다 오윤주를 참지 못했던 아이들이 많았던 모양이었다. 오윤주가 강귤희를 괴롭힌다고 제보한 아이들이 있었다. 결국 오윤주는 전학을 갔다.

"강귤희. 넌 체험 학습 같은 거 안가?"
"재미없어서 안가."
"너 학교 갈 때 나도 따라가도 되지?"

"안 돼."

귤희는 펼쳐놨던 좌판의 먼지를 털며 무뚝뚝하게 대답했다.

"왜 안돼? 난 꼭 따라갈 거야. 어디든."

알백이 귤희의 앞으로 얼굴을 들이밀며 대답했다.

"지구인들이 어떤지 알면 너 그런 소리 안 할 거다."

귤희가 날카롭게 말했다.

"강귤희. 왜 그렇게 화가 난 건데? 지구인들이 어떤지 난 아직 잘 모르지. 내가 잘 아는 지구인은 아직 너밖에 없으니까. 너좀 전에 나간 쟤 때문에 화 난 거야? 쟤… 아는 애구나?"

귤희는 예상하지 못한 알백의 대답에 조금 놀랐다. 알백에게도 눈치라는 것이 있었던 것이다.

"맞아. 작년에 같은 반이었던 애야. 쟬 여기서 만날 줄은 몰랐네."

"뭐야. 그러면서 왜 아무렇지도 않은 것처럼 대했어? 지금이라도 왜 화났는지 얘기해! 내가 가서 걔 다시 불러 올까?"

알백의 목소리가 커졌다. 자기가 더 화났다는 것처럼. 귤희는 그런 알백 덕분에 자기 마음 안에 돋아나던 가시가 조금씩 수그러드는 걸 느꼈다.

오윤주가 사라졌지만 오윤주의 자리까지 사라진 건 아니었다. 그 자리를 갖길 원하는 아이들이 또 있었다. 오윤주의 잘못을 제보했던 아이들은 과연 귤희를 위해서 그랬을까? 그때 귤희는 조금 혼란스러웠다.

그날 밤까지도 할머니에게서 아무 연락이 없었다. 귤희는 혹시나 어제처럼 늦게라도 할머니가 오지 않을까 하고 기다렸지만 막차가 끊긴 지 한참 지난 시간까지도 할머니는 돌아오지 않았다. 여전히 전화도 받지 않았다. 느낌이 좋지 않았다. 귤희는 할머니에게 메시지를 남겼다.

전화 좀 받아.

할머니가 서울 어디에 왜 간 건지 아무리 추측해 보려고 해도 떠오르는 것이 없었다. 귤희는 자기가 할머니에 대해 아는 것이 거의 없다는 것을 깨달았다. 유일한 가족인 할머니였다. 그런데도 귤희가 알고 있는 건 할머니의 이름뿐이었다. 애매하던 거리가 어느 정도인지 선명하게 눈에 보이자 귤희는 무서워졌다.

다음 날 아침, 귤희는 이장 할아버지네 집에 찾아갔다. 가수리에서 일어나는 일은 이장 할아버지를 거치지 않는 것이 없었다.

"할머니가 아무 말도 안 했어? 아니, 할머니랑 손주 딱 둘이 사는 집이 왜 그러냐. 하긴… 그 양반이 좀 무뚝뚝하긴 하지. 하나밖에 없는 손주면 끔벅 죽을 만도 한데 참…."

"흠. 아무튼… 혁거세 슈퍼도 날벼락이지. 거기 싹 밀어 버리고 고급 골프장 짓겠다고 난리들이잖니. 중국으로 드라마 수출해서 중국 관광객들이 떼로 몰려올 거네 뭐네 하더니만 갑자기 골프장이 튀어나와! 골프장 들어선다고 뭐 우리한테 콩고물 떨어질 것도 없고, 골프 치러 온 사람들이야 그 안에서 먹고 놀고 하지 가수리서 돈 쓰겠나? 땅값 쳐서 받을 사람들만 좋아해. 혁거세 슈퍼도 들어갈 때 보증금 꽤 들였을 텐데 말이다. 땅 주인만 신났지. 너희 집도 혁거세 슈퍼가 전 재산일텐데… 쥐꼬리만 한 보상금 받아 봤자 다른 데 가서 슈퍼 다시 열기도 힘들 거고… 할머니도 속이 타들어 갈 거여…. 요즘 주민센터로 군청으로 항의하러 다니신다며. 워낙 씩씩한 양반이라 너한테 티를 안 냈나 보다. 할머니 힘든데 귤희 네가 슈퍼 잘 지키고 그래야 한다."

귤희 머릿속에서 이장 할아버지가 한 말들이 벌처럼 윙윙 날아다녔다. 할머니는 여전히 전화를 받지 않았다.

귤희는 따가운 햇빛이 내리꽂히는 길을 걸어 올라갔다. 땀에 젖은 귤희의 눈앞에 낯선 것이 보였다. 박혁거세 테마파크 정문 앞에 커다란 현수막이 걸려 있었다. 어제까지만 해도 없던 것이었다.

연주군의 새로운 도약! 연주 C.C가 함께합니다.

"젠장!"

귤희는 현수막 가운데로 돌멩이를 던졌다. 돌멩이는 그대로 튕겨 나와 바닥으로 떨어졌다. 그리고 바로 귤희가 던진 것보다 더 큰 돌멩이가 현수막으로 날아갔다. 돌멩이는 현수막 뒤에 있던 박혁거세 테마파크의 철문에 부딪치며 깡 소리를 내고 떨어졌다.

"강귤희. 여기 있었구나!"

알백이었다. 알백의 왼손엔 또 다른 돌멩이가 쥐어져 있었다. 알백이 신나는 일을 찾았다는 표정으로 물었다.

"게임이야? 어디 맞히면 되는 건데?"

"이제부터 찾아보려고."

"응? 무슨…."

그때 혁거세 커피에서 나오는 보라 언니가 보였다. 보라 언니는 귤희와 알백을 향해 손을 흔들었다.

"둘 다 와. 바닐라 라떼 만들었어."

귤희는 보라 언니를 보자 조금 힘이 나는 것 같았다.

보라 언니가 돌아온 혁거세 커피는 제대로 맞춰진 시계가 돌아가는 느낌이었다. 원두 가는 소리, 잔잔한 음악 소리, 달그락거리는 찻잔 소리를 들으며 귤희는 편안해졌다. 보라 언니가 크림을 가득 올린 유리잔 세 개를 들고 왔다.

9번 홀 자리

"알백하고는 인사했어. 얘 참 재미있더라. 열다섯 살이 이렇게 순수해도 되는 거야?"

귤희는 알백이 어떤 순수함을 보여 줬을지 걱정이 됐다. 보라 언니와 귤희는 입술에 크림을 가득 묻히고 미숫가루 라떼를 마시는 알백을 바라봤다.

"언니. 언니도 얘기 들었지? 여기 다 밀어 버리고 골프장 만들 거래."

"결국 결정됐대? 흠… 나야 진작 카페 접으려고 했으니까… 처음 계약했던 기간도 다 됐고. 할머니는 어떻게 하시겠대?"

"할머니가 연락이 안 돼…."

보라 언니는 들고 있던 유리잔을 내려놓았다.

"어디 가셨는데?"

"서울 다녀오겠다는 말만 써 놓고 나갔는데…."

"돌아오실 거야. 오늘만 기다려 보자."

"이 동네 지겨워서 다 없어져라, 그랬었는데…."

귤희는 유리잔 안의 얼음을 빨대로 톡톡 치며 말했다. 그런 귤희를 바라보던 보라 언니가 말했다.

"여기는 9번 홀쯤 되겠다. 그 골프장 저 아래 도로까지 연결하는 크기라잖아. 그럼 여기, 우리 카페랑 혁거세 슈퍼 자리는 9번 홀 자리가 되는 거지."

"왜 자기들 마음대로 막 이름을 바꿔?"

9번 홀. 혁거세 슈퍼와 9번 홀은 너무 다른 이름이었다. 늘 새로운 도약, 새로운 출발이라고 말하는 이름이었지만 귤희에게는 아무 의미가 없었다. 귤희는 남은 음료를 단번에 들이켰다.

"할머니, 아무래도 무슨 일이 있는 거 같아. 찾아봐야겠어."

귤희는 뭔가 결심한 듯 일어서 혁거세 슈퍼로 갔다.

귤희는 집안으로 들어서자마자 할머니의 서랍을 열었다. 그날, 우체부 아저씨가 가져온 편지를 찾으려던 것이었다. 혁거세 슈퍼가 9번 홀이 될 상황이란 것도 알았고, 할머니가 어떤 문제를 해결하려고 서울로 간 것도 알았다. 그런데 왜 연락도 되지 않는지 알 만한 단서를 찾아야 했다.

할머니의 서랍 안엔 슈퍼의 매출 장부와 영수증들이 들어 있었다. 편지 봉투는 보이지 않았다. 귤희는 서랍을 빼서 안에 있던 것을 바닥에 꺼내 보았다. 서랍 안쪽에 숨바꼭질하듯 숨어 있는 종이가 있었다. 귤희는 그 종이를 꺼내 펼쳐 보았다. 종이 위엔 빨간 글씨로 '이주 통보장'이란 글씨가 찍혀 있었다. 종이 가장 아래엔 '(주)삼정개발'이란 글씨와 도장이 찍혀 있었다. 귤희는 그 종이를 꾸깃꾸깃하게 쥐었다.

"언제까지 비밀인데? 왜 다 비밀인데!"

귤희는 화가 났다. 귤희가 할머니에 대해 아는 것이 없는 게 아니라 할머니가 귤희에게 알려 준 것이 없는 것이었다. 귤희는 두 번째 서랍도 꺼내서 그 안에 있던 것들을 바닥에 쏟아 버렸다. 손톱깎이, 인주, 오래된 샘플 화장품 통 같은 것들이 쏟아졌다. 그리고 그 서랍 안쪽 끝에 작은 종이가 끼워져 있었다. 귤희는 그 작은 종이를 꺼내 보았다. 명함이었다. 명함엔 '한길 게르마늄 총판'이라고 쓰여 있었다. 주소는 서울이었다. 처음엔 할머니가 게르마늄 팔찌를 주문하는 곳일 거라고 생각했지만 좀 이상했다.

'이걸 왜 이렇게 안쪽에 몰래 끼워 뒀을까?'

귤희는 명함을 돌려 보았다. 명함 뒷면엔 작은 동그라미들이 그려져 있었다. 줄을 서듯 쪼르륵 그려진 동그라미 중간중간 떨어진 공간이 있었다. 귤희는 그 동그라미들을 바라봤다. 그 동그란 빈칸 안에 어떤 것이 채워져야 할 것만 같았다.

000 00000 00 0000000 0.

'이걸 숨겨 둘 필요는 없잖아?'

귤희는 명함에 있는 번호로 전화를 걸어 보았다. 신호는 가지만 받질 않았다. 귤희는 핸드폰 카메라로 명함의 앞뒤 사진을 찍었다. 그리고 그 명함을 다시 서랍 안에 넣어 두었다.

가수리 밖으로

다음 날 아침, 귤희는 뜨끈한 핸드폰을 들고 할머니와 한길 게르마늄 총판 번호를 번갈아 눌렀다. 통화 연결은 되지 않았고 수신음만 이어졌다.

"지금은 전화를 받을 수 없으니⋯."

안내 음성이 나오면 종료하고 다시 통화 버튼을 눌렀다. 지루하게 이 작업을 반복하는 동안 귤희의 머릿속엔 물음표와 느낌 표가 번갈아 나타났다.

'왜 전화를 안 받지?'

'그래도 전원이 꺼져 있거나 없는 번호는 아니다!'

귤희는 할머니에게 보냈던 메시지 창을 확인했다. 메시지 옆의 1이 아직도 그대로였다. 전화도 메시지도 확인하지 못할 상황이라는 뜻이었다. 불길한 예감을 떨쳐 내려는 듯 귤희는 고개를 저었다. 그때, 메시지 알림음이 들렸다.

> 고객님. 접수를 원하시면 고유 번호를 보내 주시기 바랍니다.

한길 게르마늄 총판에서 온 메시지였다. 앞과 뒤가 없는 아리송한 메시지였다. 고유 번호라니… 어떤 테스트 같다는 생각이 들었다. 귤희는 할머니 핸드폰 뒷자리 번호를 메시지로 보냈다. 메시지 옆의 1이 바로 사라졌다. 그런데 아무 답이 없었다.

"틀린 거야. 그럼 뭐지?"

귤희는 할머니 서랍 안에 두었던 명함을 다시 꺼내 왔다.

"귤희야. 할머닌 아직이셔?"

귤희의 기척 때문에 일어난 보라 언니가 잠이 덜 깬 목소리로 물었다. 알백에게 방을 내주고 보라 언니는 어제 귤희 방에서 같이 잤다. 언니가 옆에 있어서 귤희는 불안을 덜고 조금이라도 잠들 수 있었다.

"응. 그래서 다른 쪽을 좀 알아보려고."

귤희는 명함을 계속 돌려보며 고민했다. 이게 정말 게르마늄 팔찌를 파는 곳이라면 주문 물품과 수량을 묻지 않았을까? 고민하던 귤희의 시선이 줄 선 동그라미들에 멈췄다.

"고유 번호…!"

귤희는 동그라미 개수 들을 숫자로 써서 메시지를 보냈다.

> 3 5 2 7 1

메시지 창의 1이 바로 사라졌다. 귤희는 게르마늄 총판 번호의 통화 버튼을 눌렀다. 통화 연결음이 안내 음성으로 이어질 때까지 여전히 통화는 연결되지 않았다. 이렇게 바로 메시지를 확인한다면 전화도 받아야 하는 거 아닌가? 그때, 또 하나의 메시지가 도착했다.

> 이미 등록된 번호입니다. 예약 장소로 방문 바랍니다.

귤희는 무언가에 얻어맞은 기분이었다. 등록, 예약…. 귤희는 흩어져 있는 퍼즐들을 하나씩 하나씩 연결해 보았다. 할머니가 명함에 그려 두었던 동그라미들이 한길 게르마늄에 등록된 '고유 번호'였다. 그 고유 번호가 이미 등록되어 있고 그것은 할머니가 등록했을 것이다. '등록'은 방문을 위한 것으로 보인다. 고유 번호를 등록까지 해 가며 예약했다면 중요한 일이었을 것이다. 할머니는 어제 아침 일찍 서울로 갔다. 아마도 이 예약 장소에 가기 위해 나선 길이었을 것 같다. 그러나 예약 장소로 방문 바란다는 이 메시지로 보아 할머니는 아직 그 예약 장소에 도착

가수리 밖으로

하지 않았다.

귤희는 다시 한번 할머니에게 보낸 메시지를 확인했다. 그대로였다. 서울행의 목표지였던 한길 게르마늄의 예약 장소에도 도착하지 않았고, 연락도 되지 않는 할머니…. 할머니에게 무슨 일이 생긴 것이 분명했다. 한길 게르마늄이 보통의 사무실로 보이지 않는 것도 이상했지만 지금 중요한 건 할머니가 어디에 있는지 알 수 없다는 것이었다.

"언니, 나 서울에 가야겠어. 할머니한테 무슨 일이 있는 거 같아."

귤희는 배낭에 필요한 것들을 챙기며 보라 언니에게 말했다.

"서울? 너 혼자? 할머니 아직도 연락 안 돼?"

"응. 이상해. 연락도 안 되고 그 게르마늄 총판이란 데도 수상하고."

"게르마늄?"

"아… 그런 게 있어. 언니, 언니 당분간 여기 있을 거야? 알백 좀 부탁해도 돼?"

"알백? 나도 오늘 저녁엔 아르바이트 하러 올라가야 하는데."

귤희는 알백 생각을 하자 난감해졌다. 알백을 서울로 데리고 가는 건 시한폭탄에 불을 붙이는 것과 같다. 그렇다고 아무도 없는 가수리에 알백을 혼자 두고 가는 것도 불안했다. 그때 알백의 목소리가 들려왔다.

"강귤희! 강귤희!"

"쟨 내가 자기 생각할 때 저렇게 딱 맞춰서 부른단 말이야?"

귤희가 슈퍼로 통하는 문을 열고 나섰을 때 알백 옆에는 박혁거세 테마파크의 관리소장이 함께 서 있었다. 경비를 보던 김씨 아저씨가 관두기 전에 같이 다니던 모습을 몇 번 본 기억이 있었다.

"돌멩이 던지기 하고 있는데 이 아저씨가 저기 테마파크에서 나와서 이쪽으로 오더라고. 그래서 내가 얼른 먼저 와서 널 불렀지. 아저씨, 강귤희한테 할 말 있는 거죠?"

벙실벙실 웃으며 말하는 알백의 왼손에 돌멩이가 쥐어져 있었다. 알백을 바라보는 관리소장의 표정엔 짜증이 그득했다.

"아니, 왜 멀쩡한 현수막에 돌멩이를 던지고 그러냐!"

귤희는 알백을 보호하듯 앞을 가로막고 섰다.

"저희 슈퍼에는 무슨 일이세요?"

"사장님은 어디 가셨니?"

"할머니요? 저한테 얘기하시면 돼요."

관리소장은 몇 초쯤 망설이다가 말했다.

"전화를 안 받으시길래 직접 왔다. 통보장 받으셔서 알겠지만 다음 주면 공사가 시작될 거라 그 전에 이사를 하셔야 한다고 전해 드려라. 사정은 알지만 우리도 위에서 시키는 대로 전할 수밖에 없는 사람이란 말이다."

"다음 주요?"

귤희는 순간 주저앉을 뻔했다. 알백이 뒤에서 귤희의 어깨를 잡아 주었다.

"그렇게 일방적인 게 어디 있어요? 여길 다 밀어 버리면 저희는요? 혁거세 슈퍼는요? 어디로 가라고요!"

"아니 그게…."

그때 관리소장의 핸드폰 진동음이 울렸다.

"아, 네. 관장님. 지금 올라갑니다."

관리소장은 귤희 쪽으로 손을 몇 번 휘젓고 나서 테마파크 정문 쪽으로 올라갔다.

"다음 주라고?"

귤희는 이 모든 일을 다른 사람들에게 듣게 됐다는 게 어이없었다.

"도대체 어디 있는 거야!"

시간이 없었다. 귤희는 방으로 들어와 배낭을 마저 쌌다. 보라 언니가 걱정스러운 눈으로 귤희를 보고 있었다.

"너 진짜 혼자 서울에 가겠다고? 할머니 전화 안 받는다며. 그런데 어디로 찾아가게. 서울에 할머니 친구나 가족이 있어?"

귤희는 보라 언니에게 한길 게르마늄의 명함을 보여 줬다.

"우선 여기부터 찾아가려고. 할머니, 여길 가려고 했던 거같아."

"그랬는데 거기 없으면? 그다음은?"

알백이 슈퍼에서 집 안으로 들어오는 문을 열고 고개를 빼꼼 내밀었다. 그리고 배시시 웃으며 말했다.

"내가 도와줄게 강귤희! 할머니 핸드폰 신호 가는 거지? 그럼 내가 찾을 수 있어. 서울, 나랑 같이 가자!"

귤희는 아차 싶었다. 알백이 문밖에서 귤희와 보라 언니의 대화를 듣고 있었던 거였다. 알백의 귀에 '서울'이라는 지구인 초밀집 지역의 이름이 접수되었으니 조용히 혼자 가긴 글렀다는 생각이 들었다.

"어머, 알백아. 핸드폰 신호로 어떻게 찾아? 너 영화에 나오는 컴퓨터 전문가처럼 찾고 그러는 거야?"

보라 언니 질문에 알백이 팔짱을 끼며 대답을 하려는 찰나, 귤희가 나섰다. 알백이 보라 언니에게 또 '순수한' 대답을 하기 전에.

"그래. 가자. 같이!"

귤희는, 외계인 알백의 능력이 귤희의 상상보단 귀여운 것들이란 걸 알고 있었기 때문에 자신만만한 알백의 태도를 반의 반만 믿어야겠다고 생각했다.

'그래도 외계인인데… 뭐라도 있겠지.'

귤희는 배낭 어깨끈을 바짝 조였다.

보라 언니가 혁거세 슈퍼 밖으로 따라 나와 귤희와 알백을 배웅했다.

"귤희야. 언니 오늘 저녁부터 서울에서 알바하니까 필요한 일 있으면 연락해."

"알았어, 언니. 걱정하지 마."

알백은 또 앞장서서 걷고 있었다. 들썩거리는 어깨를 보니 알백이 얼마나 신이 나 있는지 알 것 같았다.

"쟨 길도 모르면서 맨날 앞장을 서."

버스 정류장으로 내려가는 길엔 따가울 정도로 강렬한 햇볕이 내리쬐고 있었다. 귤희는 하늘을 올려다봤다. 쨍하게 파란 하늘 한가운데 똑바로 쳐다보기도 힘든 태양이 빛을 발산하고 있었다. 귤희는 핸드폰을 꺼내 그 하늘을 찍었다. 그리고 '채널 ㄱㅅㄹ'에 올렸다. 처음으로 밤하늘이 아닌 가수리의 낮 하늘을 올린 귤희는 묘한 감정을 느꼈다.

마을 입구로 버스가 들어오고 있었다. 저 버스를 놓치면 한 시간을 기다려야 한다. 귤희는 버스 정류장을 향해 뛰었다. 귤희가 알백을 앞서 달리며 외쳤다.

"뛰어. 알백!"

5년 전의 말

버스가 가수리를 벗어나는 지점부터 골프장 건설 반대와 찬성 현수막이 서로 경쟁하듯 걸려 있었다. 연주군의 운명은 늘 저 현수막 위에서부터 느껴졌다. 5년 전, 박혁거세 테마파크가 들어설 때도 지금의 풍경과 크게 다르지 않았다.

버스에서 나오는 에어컨 바람 덕에 끈적하던 땀이 마르고 몸이 보송해지자 졸음이 밀려들기 시작했다. 고르지 않은 도로의 굴곡 때문에 얕게 덜컹거리는 버스가 몸을 더 나른하게 만들었다. 그 나른한 흔들림 속에 귤희는 5년 전 그날을 떠올렸다. 잠으로 빠져드는 귤희의 머릿속에서 앰뷸런스 소리가 들렸다.

그날 4교시. 귤희는 학교 운동장으로 달려온 앰뷸런스를 탔다. 귤희의 오른손은 수건으로 감싸져 있었다. 흰 수건의 가운데가 귤희의 피로 붉게 물들어 있었다.

"귤희야. 할머니 병원으로 오신대."

담임선생님이 귤희 곁에서 말했다. 선생님 뒤로 따라 나온 반 아이들의 얼굴이 보였다. 그 안에 미주의 얼굴은 보이지 않았다. 손이 더 욱신거렸다.

병원으로 달려온 할머니에게서 희미하게 막걸리 냄새가 풍겼다. 그날은 박혁거세 테마파크의 착공식이 있는 날이었다. 가수리엔 전날부터 흰 천막이 쳐졌다. 그렇게 생기를 띠며 북적이는 가수리의 모습은 처음이었다. 귤희는 할머니의 막걸리 냄새를 맡으며 흰 천막 안의 풍경을 상상했다.

"병원보단 집이 편하지."

원무과에 다녀온 할머니가 말했다. 할머니의 손엔 두툼한 약봉지가 들려 있었다.

"이틀 있다 다시 오기로 했어. 가자."

귤희는 할머니를 따라 응급실을 나왔다. 유리에 베인 손날에 붕대를 감은 상태였다. 귤희는 가수리로 돌아가는 버스 안에서 물었다.

"왜 다쳤냐고 안 물어봐?"

눈을 감고 있지만 잠들어 있지는 않았던 할머니는 여전히 눈을 뜨지 않고 대답했다.

"다치고 싶어서 다치는 사람이 어딨겠냐. 다친 거야 어쩔 수 없지."

귤희는 고개를 창밖으로 돌렸다. 눈물이 떨어질 것 같아서였다. 귤희는 할머니가 차라리 혼내 주길 바라고 있었다. 왜 다친 거냐고, 어쩌다 다친 거냐고, 누가 그런 거냐고. 그럼 이렇게 대답하려고 했었다.

'애들이 미주한테 못되게 굴어서 화가 났어. 미주는 내 단짝 친구라 우린 서로 비밀이 없거든. 그런 미주를 반 아이들이 따돌리고 미주 물건을 엉망으로 만들고 미주 서랍에 자꾸 쓰레기를 넣어 뒀어. 그래서 내가 나서서 다른 애들한테 화를 냈어. 다른 애들한테 못된 것들이라고 말했어. 그래도 애들은 보란 듯이 미주를 더 괴롭혔어. 미주가 아끼는 열쇠고리를 가져가서 이리저리 던지고 놀리는 걸 빼앗아 주려다 다친 거야. 그런데 미주가 나를 모른 척했어. 나는 다친 손보다 그게 더 아팠어….'

'고얀 것들! 못된 것들! 내가 가서 그것들을 혼내 줘야겠네. 잘했다. 잘했어.'

귤희는 할머니가 이렇게 대답해 주기를 바랐다. 미주 때문에 속상해할 필요 없다고 말해 주길 바랐다.

까만 버스 창에 비치는 할머니는 여전히 눈을 감은 채였다. 귤희에게 아무것도 묻지 않았다. 귤희는 눈에 힘을 주고 창밖의 까만 밤하늘을 노려봤다. 밤하늘엔 별들이 빽빽하게 채워져 있었다. 주먹까지 꾹 쥐며 눈에 힘을 주었지만 결국 귤희의 눈에서 눈물이 툭. 떨어졌다.

귤희는 엄마, 아빠를 그리워하지 않았다. 그립다는 건 실체가 있어야 하는 것이라고 생각했다. 귤희의 기억 속에 '엄마', '아빠'는 '할머니'라는 하나의 단어로 합해져 있었다. 유치원에서 노래를 배워 오면 할머니 앞에서 불렀고, 한글을 배웠을 때도 귤희의 이름 옆에 할머니의 이름을 쓰면서 놀았다. 귤희의 크고 작은 기억 속의 장면을 채운 것은 '할머니'였다. 할머니를 바라보고 할머니 옆에서 놀고 자는 게 당연한 하루하루였다. 그래서 귤희가 생각하는 가족엔 엄마 아빠가 없어도 이상하지 않았다. 할머니와 귤희. 그게 가족이었다. 처음부터 그랬으니까.

그런데 점점 할머니만으로 채워지지 않는 것이 있다는 걸 알았다. 할머니가 귤희를 보고 좀 더 웃어 주면 좋겠다고 생각했고, 귤희의 하루하루를 물어 주면 좋겠다고 생각했다. 불안해서 그랬을지도 모른다. 귤희에게서 뻗어 나가 있는 유일한 선이 흐려질까 봐, 지워질까 봐…. 얼마 전 잠든 귤희를 내려다보며 할머니가 했던 말이 자꾸 생각나서였다.

"점점 은경일 닮아 가네…. 은경이가 나한테 너를 맡겼지… 은경이 부탁인데 내가 맡아야지. 그럼, 그럼…."

'맡겼다'라는 그 말이, '그럼, 그럼…' 하며 되뇌던 그 말들이 할머니의 한숨처럼 느껴져 귤희는 가슴이 아팠다. 유일한 가족이었던 할머니도 귤희를 맡아 준 사람일 뿐이었다는 생각 때문에 귤희는 자꾸 움츠러들었다. 그날도 할머니에게서 막걸리 냄새가 났었다. 그 냄새를 맡을 때마다 귤희는 할머니의 한숨 같은 말이 떠올랐다.

"그럼, 그럼…."

병원에서 돌아온 밤, 귤희는 문밖의 할머니 노랫소리를 들었다.

"정들면 내 고향. 당신이 있으니 내 고향."

할머니의 애창곡인 그 노래가 그날따라 귤희의 가슴에 아프게 박혔다. 억지로 정을 붙이려는 것이 슬프다는 말로 들렸다. 그 이유가 귤희를 맡았기 때문이라고 하는 것처럼 들렸다. 귤희는 입술을 꾹 깨물다 잠이 들었다.

"이번 정류장은 대산 터미널입니다."

귤희는 버스 안내 방송 소리에 잠을 깼다.

앞을 보니 알백은 신이 난 얼굴로 창밖을 바라보고 있었다.

귤희와 알백은 서울행 버스에 올라탔다. 버스가 출발하자 귤희는 배낭에서 할머니의 장부를 꺼냈다. 혹시 단서가 될 만한 것이 있을까 해서 가져온 것이었다. A4 용지 반만 한 사이즈의 장부에는 혁거세 슈퍼에 물건을 가져오는 거래처들의 이름과 전화번호가 빼곡하게 적혀 있었다. 그 전화번호 중에 '사장'이 안 붙은 이름 하나가 눈에 들어왔다. 성도 없이 그냥 '정아'라고만 쓰여 있는 번호였다. 할머니가 가수리의 '○○댁', '○○할매'가 아닌 이름으로만 적어 둔 사람이 있다는 건 신기했다. 성도 없이 이름을 부르는 사람이라면 가까운 사이가 아닐까? 귤희는 망설이다 그 번호로 메시지를 보냈다.

> 안녕하세요. 혹시 이미지 님을 아시나요?
> 저는 그분의 손녀입니다.
> 혹시 최근에 이미지 님과 연락을 하거나 만나신 적이 있으신가요?
> 할머니가 며칠째 연락이 안 돼서요.

할머니를 모르는 사람이라면 황당해할 메시지겠지만 지금 귤희는 더 황당한 일이라도 시도해 봐야 할 상황이었다.

"내가 할머니를 만난 적이 있었다면 좀 더 쉬웠을 거야."

창밖을 보고 있던 알백이 귤희 쪽으로 고개를 돌리며 말했다.

"뭐가?"

"할머니 신호를 찾을 때 말이야."

그러고 보니 알백과 할머니는 만나지 못했었다.

"그렇구나. 그건 아쉬운 일이긴 하네. 그런데 알백, 네 능력은 외계인이라면 다 갖고 있는 그런 거야? 아님… 다른 외계인은 더 능력이 많아?"

굴희는 그동안 궁금했던 걸 물었다. 자기 능력을 의심한다고 느꼈는지 알백은 뾰로통한 얼굴로 굴희를 쳐다봤다.

'그래. 외계인도 비교당하는 건 기분 나쁘지.'

굴희는 자기가 실수했다고 생각했다. 알백은 굴희가 도움을 구할 수 있는 유일한 외계인. 그러니 알백을 서운하게 만들면 안 되는 일이다. 굴희는 알백에게 다른 질문을 했다.

"너. 여전히 지구가 괜찮아? 막상 와 보니 별거 없지 않아? 너희 고향이 더 낫다는 생각이 들지 않을까 싶어서."

"강굴희 넌 지구가 별로야?"

"응. 별로야. 나도 너처럼 다른 별로 가 볼 수 있으면 좋겠다."

"우리가 드디어 말이 통하네!"

알백이 화색을 띠며 말했다.

"양쪽을 다 가 본 내가 보기엔 여기 지구가 더 나은 거 같아. 지구에선 아직 정해진 게 없다는 게 좋아. 내가 신이 될 수도 있잖아. 지금은 아니지만 그럴 수도 있다는 게 중요하지. 우리 별에선 그렇지 않거든. 그럴 수 있는 건 없어. 처음에 정해진 건 그대로야. 달라지지 않아. 그래서 난 거기서 도망친 거야. 달라지지 않는 것에서. 여기 그럴 수 있는 지구로."

처음 보는 알백의 진지한 모습이었다. 굴희는 알백의 목표를 마냥 비웃을 순 없겠다는 생각이 들었다.

한길 게르마늄 총판

큘희와 알백은 서울 터미널에 도착해 버스에서 내렸다. 지하로 내려가니 거대한 미로 같은 쇼핑몰이 이어졌다. 큘희는 중학교 입학식 날 아이들을 따라 이 터미널에 와 본 적이 있었다. 2년 만에 다시 찾은 터미널 쇼핑몰은 더 화려하고 복잡하게 바뀌어 있었다.

쇼핑몰의 중심이 되는 중앙 광장에는 흰 대리석으로 만든 분수대가 있었다. 지하였지만 높은 천장과 조명 때문에 이곳이 땅 아래라는 생각이 들지 않았다. 지상의 풍경보다 더 반짝이는 모습이었다. 큘희는 분수대 앞에서 떨어지는 물줄기를 한참 바라보고 있었다. 가수리의 풍경은 초록으로 덮인 산과 들, 그리고 하늘뿐이다. 비슷한 여백으로 이루어진 풍경이다. 그러나 이곳에는 여백이 없었다. 빼곡하게 자리 잡은 다양한 상점들과 조명, 사람들을 바라보는 것만으로도 바빴다. 튀어나올 듯 선명하고 빠른 풍경 앞에서 귤희는 잠시 멍해지는 기분이었다. 그런 귤희를 깨운 건 알백의 목소리였다.

"반갑다! 지구인들이여!"

알백이 분수대의 난간 위로 올라가 양팔을 든 채로 외쳤다. 지나가던 사람들 몇몇이 알백을 보고 키득거렸다. 대다수는 한번 힐끔 쳐다보고서는 자기 길을 바삐 걸어갔다. 그런데 알백이 사람들의 시선을 끌자 '예수 천국 불신 지옥'이라고 쓰인 피켓을 든 할아버지가 알백 옆으로 다가갔다.

귤희는 찬물을 뒤집어쓴 것처럼 정신이 번쩍 났다. 얼른 알백의 손을 잡아 끌어내렸다.

"지구인들…! 아, 이거 놔. 강귤희."

"조용히 해. 넌 진짜 아무데서나 신 놀이냐!"

귤희는 알백을 끌다시피 하며 분수대를 벗어났다.

지하철 벤치에서 귤희는 알백에게 막대 사탕 하나를 쥐어 주었다. 불만으로 가득 차 있던 알백의 얼굴이 조금씩 풀어졌다.

"우선 명함에 나와 있는 주소부터 찾아가 보자. 그사이 할머니가 다녀갔을 수도 있고…."

귤희는 알백의 표정을 살피며 말했다.

'시한폭탄 하나를 들고 다니는 거지. 이게….'

"진짜 할머니 위치는 아직 감이 안 와? 핸드폰 수신음을 들으면 알 수 있다며."

"그게 그렇게 바로 되는 게 아니야. 시간이 필요하다고. 내일은 될 수도 있어."

"야, 너는 무슨 외계인이 그거 하나 빨리빨리 안 되냐."

귤희는 주위를 두리번거리며 어금니를 악물고 말했다. 막대사탕을 이리저리 돌려 먹던 알백은 손가락 사이에 막대 사탕을 끼우더니 발끈한 표정으로 말했다.

"강귤희. 너 외계인에 대해 환상이 많은 거 같은데, 나 정도면 진짜 괜찮은 거야. 하… 옛날 지구인들은 잘도 기다렸다는데 요즘 지구인들은 참…."

귤희는 더 말을 하려다 참았다. 지구인끼리도 말이 안 통하는데 외계인에게 너무 많은 걸 바라진 말자는 생각이 들었기 때문이다.

귤희는 지하철을 기다리며 다시 한번 할머니의 핸드폰으로 전화를 걸었다. 수신음만 계속 이어지다 다시 안내 음성이 나왔다. 귤희는 한숨을 쉬고 핸드폰을 주머니에 넣었다. 그때 알백이 반가운 걸 발견한 것처럼 말했다.

"어? 나 저 사람 봤는데!"

알백이 가리킨 건 지하철 플랫폼 광고였다. 한 인터넷 강의 사이트의 광고였는데 알백은 일타 강사들의 사진 중에 한 사람을 가리켰다.

"아까 버스에서 강귤희 유튜브 채널 보는데 광고에 나왔어. 지구를 지키는 빛 광! 과탐의 빛, 광한길!"

쓸데없는 광고는 저렇게 빨리 외우면서 할머니 신호를 찾는 건 왜 그렇게 오래 걸린다는 건지. 귤희는 또 한숨을 쉬었다.

"지금 대화행 열차가 들어오고 있습니다."

지하철이 들어오고 있었다. 열차 안엔 사람들이 가득 차 있었다. 귤희는 설마 하며 알백을 돌아봤다. 알백의 눈이 커지고 입꼬리가 올라가 있었다.

"알백. 너 지하철 안에서 한마디도 하면 안 돼. 뭐든 때와 장소가 있는 거야. 지금, 여긴 아니야! 알았지?"

귤희는 알백의 양 어깨를 잡고 말했다. 알백이 아쉬운 표정으로 귤희를 쳐다봤다. 귤희는 막대 사탕 두 개를 꺼내 포장을 까며 말했다.

"그 선배들이 왜 신비한 소리도 내고 불덩이로 떨어지고 그랬겠어. 다 극적인 장면이 필요했던 거야. 그런데 여긴 아니야. 진짜!"

귤희는 포장을 벗긴 막대 사탕을 알백에게 내밀었다. 알백은 막대 사탕 두 개를 양 볼에 하나씩 물고 고개를 끄덕였다.

귤희와 알백은 사람들로 가득한 지하철 안으로 들어갔다.

명함에 있던 주소는 불광역에서 도보로 20분 정도 떨어진 곳이었다. 5층짜리 낡은 건물이었다. 귤희는 우편함에 붙은 사무실 이름들을 확인했다. 한길 게르마늄은 없었다. 우편함에 꽂힌 우편물 하나를 꺼내 주소를 확인했다. 명함의 주소와 같았다.

'이사를 간 걸까, 아님 처음부터 없던 거였을까.'

귤희는 건물 밖으로 나와 주변을 살폈다. 건물 바로 옆에 오래된 백반집이 있었다. 옆 건물의 백반집이라면 인근 사무실의 이름들은 꿰고 있을 것 같았다. 점심때가 지났으니 밥도 먹어야 했다. 밥을 먹으며 한길 게르마늄에 대해 물어봐야겠다고 생각한 귤희는 백반집 문을 열고 들어갔다.

"어서 오세요."

주방에 있던 아주머니가 나오며 인사했다. 귤희와 알백이 자리에 앉자 기본 반찬이 깔렸다. 메뉴판을 보니 제일 싼 게 된장찌개였다.

"된장찌개 둘이요."

알백은 밑반찬으로 나온 콩자반을 떠먹으며 말했다.

"할머니한테 다시 한번 전화해 봐."

귤희는 알백의 촉이 슬슬 올라오나 싶어 기대를 안고 통화 버튼을 눌렀다. 귤희는 신호가 가는 동안 알백의 표정을 살폈다. 알백은 콩자반을 오물거리며 귤희의 손에 들린 핸드폰을 뚫어져라 쳐다봤다.

"됐어. 끊어. 이 근처엔 전혀 흔적이 없었어."

"없었다고?"

그때 아주머니가 보글보글 끓어오르는 뚝배기를 들고 왔다. 귤희는 아주머니에게 물었다.

"저… 혹시 요 옆 건물에 한길 게르마늄 총판이란 곳이 있나요?"

"한길 게르마늄? 처음 듣는데? 옆 건물 사무실은 다 우리 식당으로 점심 먹으러 오거든. 그런데 게르마늄 쪽은 없어. 자수정 취급하는 사무실은 하나 있었는데 그것도 올 초에 이사 갔고."

역시 명함의 주소는 가짜였다. 알백의 말대로 할머니 핸드폰의 신호가 이곳에선 잡힌 적이 없다면 그건… 할머니도 이 명함의 주소가 가짜라는 걸 알고 있다는 뜻 같았다. 예약 장소는 이곳이 아니다.

귤희는 된장찌개 뚝배기에 밥을 말았다. 마음이 급해졌다.

밥을 든든히 먹고 난 알백이 '서울의 남쪽'에서 할머니의 신호가 희미하게 잡힌다고 했다.

"너무 막연해. 너 여기가 가수리랑 비슷한 사이즈인 줄 아나 본데 이 그물 같은 지하철 노선도 봐라. 이것만 봐도 얼마나 큰지 알겠지? 그런데 그냥 남쪽이라고 하면 어떻게 움직여."

"우리 아까 버스 내린 데보다 조금 더 남쪽. 거기였어."

귤희는 우선 지하철을 탔다. 지하철을 타고 터미널 쪽으로 내려가는 길에 알백이 더 강한 신호를 찾길 바라면서.

알백은 지하철 객실 내의 화면에서 나오는 광고를 뚫어져라 쳐다봤다. 아까 봤던 인강 광고가 지나가고 있었다.

그때 귤희의 핸드폰이 진동했다. 모르는 번호였다. 그 번호 아래 귤희가 보낸 메시지가 보였다. 귤희가 아까 버스 안에서 메시지를 보냈던 그 번호였다. 할머니의 장부에 '정아'라고만 쓰여 있던 번호. 귤희는 통화 버튼을 눌렀다.

"네가 귤희니?"

통화가 연결되자마자 들려온 첫마디였다. 귤희는 순간 멍해졌다. 귤희는 들어보지도 못한 '정아'라는 사람. 그 사람은 귤희를 알고 있었다.

"아, 네. 그런데….."

"메시지를 이제야 봤어. 귤희야. 지금 만나자. 나 미지… 아니 할머니 어제 만났어. 너 지금 어디니? 서울역이 찾기 쉬울까? 그쪽으로 올 수 있겠니?"

서울에서 할머니를 만난 사람이라면 꼭 만나야 했다.

"네. 찾아갈 수 있어요."

귤희는 알백의 손을 잡고 지하철 문이 닫히기 전에 뛰어내렸다.

지하철을 갈아타고 서울역에 내려 약속한 1번 출구 쪽으로 나갔다.

"강귤희. 느낌이 안 좋아. 할머니 신호는 남쪽에서 느껴졌다니까."

알백이 투덜거렸다.

"할머니가 서울에 올라온 날 만난 사람이야. 중요한 단서가 될 거라고. 네 신호 감지보다 빠를 수도 있어."

"넌 그 사람이 누군지도 모른다며."

"지금 그게 중요해?"

알백이 계속 어깃장을 놓자 화가 난 귤희는 오르던 계단에서 멈춰 서서 말했다. 그때 귤희의 뒤에서 걸어오던 남자가 귤희와 부딪쳤다. 귤희는 고개를 숙이며 사과했다.

"아, 죄송합니다."

그때 귤희의 배낭 오른쪽에서 안에 있던 물건들이 쏟아졌다. 귤희는 깜짝 놀라 배낭을 앞으로 돌려 움켜쥐었다. 배낭 오른쪽이 길게 찢겨 있었다. 날카로운 것이 쭉 그은 것처럼 찢긴 모습이었다. 귤희가 당황하며 고개를 들자 뒤에 있던 검은 모자를 눌러 쓴 남자가 귤희의 눈앞에 자기 손바닥을 펴서 보여 주었다. 그 손바닥 안엔 양날의 면도날이 있었다. 눈 깜짝할 사이에 일어난 일이었다. 남자는 자기 입술 위로 검지를 펴서 올렸다. 입을 다물라는 협박이었다. 귤희의 가방은 저 면도날로 찢긴 것이었다.

떨어진 귤희의 물건을 줍던 알백이 그 자리에 얼음처럼 서 있는 귤희를 이상하게 보고 있었다.

"강귤희. 왜 그래?"

귤희는 그제야 멈춰 있던 생각을 할 수 있었다. 배낭을 움켜쥐고 계단을 뛰어 올라 갔지만 검은 모자를 쓴 남자는 보이지 않았다. 쫓아온 알백의 손엔 귤희의 배낭에서 떨어진 티슈며 보조 배터리 같은 것이 들려 있었다. 귤희는 땅바닥에 배낭을 내려놓고 가방 안을 살폈다. 없어진 것은 하나뿐이었다. 할머니의 장부.

귤희의 지갑은 그대로 있었다. 검은 모자가 단순한 소매치기라면 할머니의 장부가 아니라 귤희의 지갑을 가져갔어야 했다.

"알백. 방금 그 남자 얼굴 못 봤어?"

"네 옆에 지나갔던 남자? 응. 모자밖에 못 봤어."

왜 할머니의 장부였을까? 검은 모자가 할머니의 장부만을 노린 것이라면… 그 남자도 귤희와 같은 답을 찾으려는 것이 아닐까….

귤희는 순간 깨달았다. 검은 모자도 또는 그 검은 모자를 보낸 누군가도 할머니를 찾고 있는 것이다. 그리고 귤희가 할머니를 찾고 있다는 것을 알고 있다는 것이다!

검은 모자를 쓴 남자가 자기 입술 위로 검지를 올리던 장면이 계속 떠올랐다. 분명 귤희를 보고 있었는데도 그 얼굴이 기억나지 않았다. 귤희는 순간 현기증을 느꼈다. 바닥에 주저앉아 찢어진 배낭을 쥔 귤희 위로 기다란 그림자가 다가왔다.

"혹시… 귤희니?"

귤희는 자리에서 일어나 그 목소리 앞에 마주 섰다. 40대 초반쯤으로 보이는 여자였다. 급하게 달려 나온 듯 하나로 묶은 단발머리가 흐트러져 있었다.

"네… 정아 님이세요?"

"세상에, 너구나!"

상대는 대답 대신 귤희를 덥석 안았다. 귤희를 잘 알지만 귤희를 본 적 없는 이 사람과 할머니는 어떤 관계일까. 귤희는 정아의 품에서 나와 한 발자국 뒤로 물러섰다.

"아, 미안. 너무 반가워서…."

정아는 울컥하는 표정이었다.

"저를 아세요?"

"알지. 네가 태어나기 전부터."

'내가 태어나기 전부터?'

귤희와 알백은 정아를 따라 역 근처의 카페로 갔다. 정아는 귤희를 뚫어져라 쳐다봤다. 귤희의 얼굴에서 무언가를 찾는 것 같은 표정이었다.

"정말 은경이를 많이 닮았네."

정아가 복잡한 표정을 하고 웃었다.

할머니의 혼잣말을 들은 날부터 귤희는 거울을 볼 때마다 자기 얼굴을 보며 만난 적 없는 엄마를 상상해 봤다. 그러나 그 상상은 오래가지 못했다. 상상의 재료가 너무나 부족했기 때문이다. 정아에게 엄마에 대해 물으면, 들으면, 좀 달라질까? 귤희는 머릿속에서 커져 가는 회오리를 느꼈다. 그 회오리에 휘말리기 전에 정아를 만나려 했던 이유를 생각해야 했다.

"엊그제… 할머니를 만났다고 하셨죠? 그 얘기부터 들을 수 있을까요?"

정아는 당황하는 것 같았다. 귤희가 엄마가 아닌 할머니의 이야기를 물었기 때문일 것이다.

"응… 14년 만의 연락이라 나도 놀랐어."

14년 만이라면 귤희가 태어나고 처음으로 연락을 했다는 뜻이었다.

"그동안 너랑 할머닐 찾았었는데 이제야 나타나선….."

그때 주문한 음료의 진동벨이 울렸다. 주변 테이블을 지켜보고 있던 알백이 진동벨을 들고 잽싸게 일어섰다.

"내가 가져올게 강귤희. 해 보고 싶어."

진동벨을 들고 음료를 가져오는 일을 저렇게나 신나는 표정으로 말하는 알백을 정아가 신기한 얼굴로 쳐다봤다.

"그래. 우린 얘기 좀 하고 있을게. 고맙다."

알백이 진동벨을 가슴에 품고 일어서자 정아가 말했다.

"남자 친구가 참… 밝네. 밝은 성격이 좋지."

귤희는 구구절절 설명하기가 귀찮아서 정아가 하려던 말이 이어지길 기다리는 쪽을 택했다. 귤희의 진지한 표정을 보고 정아가 다시 입을 열었다.

"아, 할머니… 그래. 14년 만에 나타나서 너를… 너를 데려가 줄 수 있냐고 묻더라. 처음엔 화가 났지. 은경이 떠난 뒤에 너만 데리고 사라져 버리더니 이제 와서… 그런데 이상하더라고. 왜 갑자기? 귤희야. 너랑 할머니한테 무슨 일 있는 거니?"

귤희는 테이블 밑에 둔 손을 손톱으로 꾹꾹 눌렀다. 할머니는 무슨 생각을 했던 것일까… 혁거세 슈퍼의 운명이 일주일밖에 남지 않았다는 것도 알았고, 귤희가 할머니에게 '맡겨진' 아이였다는 것도 알고 있었다. 그렇지만 갑작스럽게 서울로 올라온 할머니가 14년 만에 엄마의 친구라는 사람을 만나 귤희를 부탁했다는 건, 그리고 갑자기 연락이 되지 않는다는 건 쉽게 이해되지 않았다. 너무 갑작스러웠다. 무엇보다 그 사이에 있는 한길 게르마늄에 무언가가 있다는 생각은 확신에 가까웠다. 귤희는 정아의 말 때문에 상처받지 않으려고 노력하며 스스로를 타일렀다. 할머니의 진심이 아니었을 거라고. 이유가 있었을 거라고.

그때 알백이 달려왔다.

"강귤희. 신호, 신호가 느껴져."

귤희는 벌떡 일어났다.

"저흰 급한 일이 있어서 먼저 일어날게요."

정아는 당황한 표정이었다. 귤희에게 할 말이 많았고 듣고 싶었던 말도 많았을 것이다. 그러나 정아는 짧은 순간 그것들을 접어 둔 것처럼 담담하게 귤희에게 말했다.

"귤희야. 도움 필요하면 연락해. 그리고 이건 엄마가 남겼던 거야. 이젠 네가 보관하면 되겠다."

정아가 내민 것은 우윳빛을 띠는 타원형의 돌이 박힌 은반지였다. 반지는 작은 케이스에 담겨 있었다. 엄마의 흔적이 담긴 물건을 두고 귤희는 잠시 멈칫했다.

"받아. 은경이도 그걸 원할 거야."

"네. 감사합니다."

귤희는 반지 케이스를 받아 배낭 앞주머니에 넣었다. 귤희는 정아에게 꾸벅 인사를 하고 배낭을 품에 안았다. 그리고 카페 문쪽으로 달려갔다. 알백은 벌써 카페 밖에 서서 허공 어딘가를 쳐다보고 있었다. 정아는 그런 알백을 쳐다봤다.

카페 밖으로 나온 귤희는 알백에게 물었다.

"어디? 좀 전엔 전화도 걸지 않은 상태였잖아?"

"비슷한 신호가 느껴져서. 확인해 보려고."

"우선 가자."

귤희는 지하철역으로 앞장섰다.

지하철을 탄 귤희는 다시 할머니 번호로 전화를 걸었다.

조바심이 난 귤희는 알백을 쳐다봤다. 알백은 지하철 광고만 보고 있었다. 고장 난 안테나처럼 드문드문 찾아오는 알백의 능력은 답답하기만 했다. 그때 정차 중이던 지하철 안에서 안내 방송이 나왔다.

"승객 여러분 죄송합니다. 앞차와의 교신 문제로 열차 운행이 지연되고 있습니다."

방송이 끝나자마자 객차 안의 등이 꺼졌다. 당황한 사람들의 항의로 지하철 안이 시끄러웠다. 곧 복구될 예정이라는 안내 방송이 나왔다. 사람들은 핸드폰 손전등을 켰다. 깜깜해진 객실 안 여기저기를 비추는 손전등 불빛들이 어지러웠다.

"강귤희."

귤희는 무거운 목소리의 알백을 돌아보았다.

"오늘은 그만 쉬는 게 낫겠어."

귤희는 정신없이 흔들리는 손전등 불빛 사이로 보이는 알백의 얼굴이 너무 진지해서 놀랐다. 알백은 귤희와 눈이 마주치자 눈을 빠르게 깜박였다. 알백 답지 않은 대사와 표정이었다. 귤희는 객실 안을 훑어봤다. 누군가가 귤희와 알백을 응시하는 것 같았지만 어둡고 정신없는 지금 상황에선 확신할 수 없었다. 귤희는 다시 알백과 눈을 맞추고 일부러 목소리를 키워 말했다.

"그래. 나도 피곤하네. 오늘은 그만 쉬자."

1분쯤 후, 객차 안의 불이 켜졌고 불편을 드려 죄송하다는 안내 방송과 함께 지하철의 문이 열렸다. 불안하다며 내리는 사람들이 많았다. 귤희와 알백은 그대로 자리에 앉아 있다가 지하철 문이 닫히기 직전에 뛰어내렸다. 끝 쪽 의자에 앉아 있던 남자가 둘을 따라 뛰었지만 지하철 문은 남자 바로 앞에서 닫혔다. 귤희가 돌아봤을 때는 검은 모자를 깊이 눌러쓴 남자가 탄 지하철이 출발하고 있었다. 검은 모자는 비슷했지만 옷이며 체격은 계단에서 귤희의 배낭을 찢었던 사람과는 달랐다.

다리에 힘이 풀린 귤희는 벤치에 앉았다.

"다음 역에서 내려서 바로 올지도 몰라. 강귤희, 다른 데로 가자."

알백이 귤희의 팔을 잡아끌었다. 역 밖으로 나오니 여기저기 가로등이 켜져 있었다. 귤희가 서울에서 찾아갈 수 있는 사람은 한 명뿐이었다.

"보라 언니한테 가자."

보라 언니네 집에 도착한 귤희는 한꺼번에 피로가 몰려오는 걸 느꼈다. 자기도 모르게 잔뜩 긴장하고 있었는지 어깨도 뭉쳐 있었다. 귤희는 심호흡을 한번 하고 노크를 했다.

"귤희니?"

보라 언니의 반가운 목소리였다. 웃으며 문을 열어주는 언니를 보니 오늘의 긴장이 훅 풀어지는 기분이 들었다.

"알백도 고생 많았지? 어서 들어와."

귤희와 알백은 집 안으로 들어갔다.

보라 언니의 방은 4층짜리 다세대 주택의 3층 끝에 있었다. 현관문을 열면 맞은편에 가스레인지와 싱크대가 있었다. 그리고 현관문 왼쪽으로 변기와 세면대가 빠듯하게 들어찬 작은 화장실이 있었다.

"좀 좁지? 그래도 전에 살던 반지하에 비하면 여긴 천국이야. 햇빛이 들어오는 창문이 있다는 게 어딘데."

복도 쪽으로 난 창문에는 보라색 커튼이 걸려 있었다. 귤희는 그 창문 앞에 서서 창밖의 하늘을 찍었다. 하늘의 별보다 건물의 불빛들이 더 밝게 반짝였다. 쏟아질 것처럼 빽빽한 별들로 가득한 가수리의 하늘과 너무 달랐다.

"귤희야 먼저 씻어. 씻고 밥 먹자."

샤워를 하고 나오니 싱크대 앞에 보라 언니와 알백이 나란히 서서 라면을 끓이고 있었다. 무슨 얘길 하는지 둘의 웃음소리가 좁은 방안을 가득 채우고 있었다. 귤희는 화장실 앞의 발 매트 위에 서서 그 뒷모습을 바라봤다. 좋았다. 오늘 하루의 긴장과 불안이 깃털처럼 가벼워져 저 웃음소리와 함께 날아가는 듯했다.

"알백. 너 진짜 센스 있다. 언제 이런 걸 다 찍고 편집한 거야?"

보라 언니의 말에 귤희의 목덜미로 불길한 예감이 스치고 지나갔다.

'찍어? 편집?'

"어, 귤희 나왔다. 라면 딱 맞게 다 익었어. 빨리 와."

보라 언니가 방 가운데 펴 놓은 상으로 냄비를 들고 왔다. 알백도 자랑스러운 표정으로 공깃밥과 김치를 들고 상으로 와 앉았다.

"귤희야. 나 알백이 찍어 준 네 영상 봤어. 너무 재밌더라."

"내 영상?"

언니가 보여 준 화면엔 정말 귤희의 모습들만 짧게 짧게 연결된 영상이 재생되고 있었다. 어두운 저녁 일렁이는 빛을 받으며 '난 강귤희'라고 말하는 모습, '알배애액!' 하고 소리치는 모습, '차린 건 없지만 많이 먹어' 하고 알백이 밥 먹는 모습을 쳐다보던 모습, '젠장!' 하며 돌멩이를 던지는 모습, 버스에서 졸던 모습, 정아 아줌마와 만났던 카페에서 심각한 얼굴로 앉아 있던 모습… 알백을 만난 처음부터 오늘까지의 귤희 모습들을 모은 영상이었다.

보라 언니는 그 영상들이 귤희의 핸드폰에 저장되어 있던 것인 줄 알고 있었다. 그러나 귤희는 알고 있었다. 이건 다 알백이 보았던 귤희, 기억해 둔 귤희의 모습이란 걸.

"알백. 너 귤희 진짜 좋아하는구나!"

"그럼. 강귤희는 나한테 유일해. 그런 사람이야. 흐. 흐."

귤희는 입에 라면을 넣은 채로 알백을 쳐다봤다. 목구멍으로 뜨거운 것이 울컥 올라와서 라면을 씹어 삼킬 수가 없었다. 유일한 사람. 처음 들어 본 그 말이 귤희의 안에서 메아리쳤다.

"뭐야. 너희 찐이구나! 이 귀여운 것들. 히히."

"찐은 무슨. 켁, 켁. 아유… 라면이 맵다."

귤희는 매운 라면 탓을 하며 슬쩍 일어나 냉장고를 열었다. 시원한 것을 마셔야 할 것 같았다. 알백은 아무렇지 않은 듯 숟가락에 흰 밥과 김치를 올려 야무지게 먹고 있었다.

'유일하지. 알백의 존재를 아는 유일한 사람. 그 애긴 거야.'

귤희는 냉수를 벌컥벌컥 마셨다.

저녁상을 치운 세 사람은 이불을 펴고 나란히 누웠다. 보라 언니와 알백은 노트북으로 유튜브를 함께 보며 킥킥거리고 있었다. 보라 언니는 자기가 좋아하는 먹방과 게임, 여행 유튜브 채널 영상을 알백에게 보여 줬다. 알백의 눈이 점점 커졌다.

귤희는 핸드폰의 사진첩을 열었다. 서울로 올라오는 버스에서 할머니의 장부를 찍어 뒀었다. 사진들을 다시 보며 놓친 게 없는지 살펴봤다. 귤희가 버스에서 할머니의 장부를 봤을 때 별표를 한 건 한 군데였다. 진국 막걸리. 귤희는 그 페이지의 화면을 확대했다.

할머니의 장부에서 매주 규칙적으로 입고되는 항목이 '진국 막걸리'였다. 매주 입고되지만 그 양은 많지 않았다. 12개짜리 한 상자가 전부였다. 슈퍼의 다른 물건들은 공급 업체의 트럭이 와서 두고 갔는데 진국 막걸리만 우체국 택배로 왔었다.

"언니, 진국 막걸리라고 알아? 유명한 거야?"

귤희는 보라 언니에게 물었다.

"아. 그 막걸리. 기억난다. 매주 택배로 오는 걸 보고 엄청 유명한 건가 싶어서 내가 하나 사겠다고 했거든. 그런데 안 판다고 하시더라고. 할머니가 좋아하시던 거였나 봐."

인터넷 검색을 해 봤지만 진국 막걸리에 대한 정보는 없었다. '진국 해장국' 같은 것들만 있었다. 할머니가 매주 주문하던 막걸리의 업체명이 검색도 되지 않는다는 건 말도 안 되는 일이었다. 귤희는 장부에 적힌 진국 막걸리의 주소를 확대해 보았다.

"강남구?"

서울의 남쪽에서 신호를 느꼈다던 알백의 말이 떠올랐다. 확대한 화면은 화실이 떨어지는 데다 귤희가 그린 별표에 겹쳐져 마지막 번지의 주소가 정확하지 않았다. 게다가 장부를 빼앗겼으니 그 장부를 가져간 사람들도 귤희가 별표를 그려 둔 이 페이지를 눈여겨볼 것이다. 귤희는 눈을 감고 이 상황들을 정리해 보려고 했다. 그때 흥분한 알백의 목소리가 들렸다.

"내가 잘못 생각했어. 불덩이는 여기에 떨어졌어야 했네!"

알백은 조회 수 300만 회를 넘긴 유튜브 영상을 보고 있었다.

노트북을 잡고 있는 알백의 손이 부들부들 떨리고 있었다. 귤희는 노트북을 뺏어 전원을 껐다.

"내일은 진짜 바빠질 거야. 푹 자 둬."

길고 긴 하루였다. 엄마의 친구인 정아 아줌마도 만났고, 자신을 미행하며 배낭을 찢은 정체불명의 남자도 만났다. 할머니의 장부를 빼앗겼고, 엄마가 남긴 반지를 받았다. 귤희는 생각할 게 많았다.

내일은 우선 진국 막걸리를 찾아가 볼 것이다. 알백이 말한 '서울의 남쪽'이라는 단서와도 일치하니 그곳으로 가면 무엇이든 단서가 될 만한 것을 찾을 수 있을 것 같았다. 귤희는 할머니의 장부를 가져갔던 검은 모자를 생각했다. 그들이 노린 물건이 할머니의 장부라면 그 안엔 중요한 것이 들어 있을 것이다. 귤희의 눈에 들어왔던 진국 막걸리에 표시까지 해 주었으니 검은 모자 쪽은 자신이 모은 정보와 귤희가 눈여겨본 정보 모두를 쥐게 된 것이다. 귤희의 다음 목적지가 진국 막걸리가 될 것이란 것도 눈치챌 것이다. 그렇다고 그곳을 찾아가지 않을 수도 없었다. 귤희는 이 일들의 순서를 이리저리 바꿔 보며 생각을 해 보았다. 그러다 새로운 것을 깨달았다. 그건 '역이용'이었다. 귤희는 어둠 속에서 빛 하나를 찾은 것이다.

귤희가 가진 정보를 빼앗겼지만 그 정보를 가져간 쪽도 귤

 한길 게르마늄 총판

희가 그곳을 향해 움직이리란 걸 알게 된 것이다. 그리고 귤희는 이 사실을 반대로 이용할 수도 있다는 생각이 들었다. 검은 모자가 나타날 걸 예상하고 찾아간다면 주도권은 귤희에게 있을지도 몰랐다. 조금 숨통이 트이는 기분이 들었다.

쉽게 잠들지 못할 거라고 생각했지만 피곤한 몸은 금세 귤희를 잠 속으로 빠져들게 했다.

좋아요

아침 일찍부터 귤희의 핸드폰이 쉴 새 없이 진동했다. 아직 잠에서 깨지 못한 귤희는 더듬거리며 핸드폰 화면을 손가락으로 밀었다. 알람인 줄 알고 그랬지만 진동은 멈추지 않았다. 귤희는 벌떡 일어났다. 혹시 할머니에게서 온 전화인가 싶어서였다. 그러나 진동 소리의 정체는 모닝콜도, 할머니의 전화도 아니었다. '채널 ㄱㅅㄹ'의 댓글 알림 소리였다. 댓글이 쉴 새 없이 달리고 있었다. 귤희는 눈을 부비고 다시 화면을 확인했다. 댓글이 달린 영상의 조회 수가 3만 회였다. 귤희는 댓글 창을 확인했다.

　- 이거 실화? 와! 드디어 박혁거세 재방문!

　- 박혁거세 테마파크? 저런 데 있는 줄도 몰랐네. 이름 바뀌는 거임?

에일리언 테마파크로?

– 웰컴! 한국 방문 외계인 비주얼이 궁금하다!

– 저기 어디라고? 연주군 가수리? 저기 땅값 오르겠네.

귤희는 떨리는 손으로 댓글이 달리고 있는 영상의 제목을 확인했다.

지구인들을 만나러 날아온 외계인! 그 신비한 착륙 현장을 공개한다!

"미친!"

귤희는 가수리의 밤하늘부터 시작되는 영상을 재생했다. 처음엔 귤희가 찍었던 하늘에서 떨어지는 불덩이 영상이었다. 그다음은 당연히 알백이 자기 기억 속 영상을 붙여 만든 것이었다. 박혁거세 테마파크 나정의 바닥에서 하늘을 향한 시선으로 뿌옇게 빛을 발하는 영상에선 일핏 후드를 쓴 귤희의 옆모습이 지나가기도 했다. 그다음은 알백이 혁거세 커퍼에서 보여 준 우주의 기억 속 영상이, 그 사이사이에는 알백의 모습들이 들어가 있었다. 그 모습은 인간의 모습으로 변한 알백이 아니라 귤희가 처음 만났을 때 보았던 희끄무레하고 탱탱한 홀로그램 같은 모습의 알백이었다. 그리고 마지막 장면에선 지금 모습의 알백이 웃고 있었다.

귤희는 말문이 막혔다. 이건… 이건 순수함을 넘어선 광기다…. 귤희는 침을 흘리며 자고 있는 알백의 등짝을 후려쳤다.

"이렇게 일을 쳐 놓고! 잠이 오냐!"

"뭐야!"

놀란 알백이 벌떡 일어나 순식간에 벽 쪽으로 미끄러졌다. 왼손에는 동글게 말린 양말 뭉치를 들고 있었다. 그 와중에 반사신경은 재빨랐다.

귤희는 알백의 앞에 핸드폰을 들고 흔들었다.

"아주 광고를 해! 이제 어쩔 거야!"

알백은 귤희의 말은 들리지 않는 듯 활짝 웃는 얼굴로 핸드폰 화면을 뚫어져라 쳐다봤다.

"이거! 이 숫자 올라가는 게 조회 수지? 흐. 흐. 댓글도 계속 달리네!"

귤희와 알백의 소리 때문에 보라 언니도 잠에서 깼다.

결국 알백의 비밀은 더는 비밀이 아닌 것이 되어 버렸다. 귤희는 결국 보라 언니에게 알백의 이야기를 해 줄 수밖에 없었다. 처음엔 믿지 않았던 보라 언니도 알백의 영상을 보고서는 '진짜?'와 '설마…' 사이의 단계쯤에 들어선 것 같았다.

알백은 보라 언니가 보여 준 유튜브의 인기 영상들을 보면서 지구인들에게 신 대접을 받을 수 있는 지름길이 거기 있다는 걸 깨달았다고 했다. 귤희의 채널에 자기 영상을 독점으로 올리는 것이니 귤희도 고마워할 것이라고 생각했다고 했다. 가수리의 하늘만 올리던 '채널 ㄱㅅㄹ'은 영상의 조작 논란과 외계인 실존 여부를 둘러싼 논쟁의 장이 되었다. 심지어 그동안 귤희가 밤하늘 영상만 찍어 온 것이 제2의 박혁거세를 기다린 추종자였기 때문이라는 댓글도 있었다. 귤희의 핸드폰은 계속되는 진동으로 터질 것 같았다. 이래서는 혹시나 할머니에게서 연락이 온다고 해도 바로 알 수가 없을 것이었다. 귤희는 유튜브의 알림을 껐다. 알백은 여전히 만족스러운 표정이었다. 곧 지구인들이 자신의 존재를 알고 모시러 올 것이라며 어깨를 쭉 펴고 있었다.

귤희는 지구인들의 갈대 같은 특성을 믿어 보기로 했다. 이미 수많은 외계인 영상들이 존재했지만 추종자들을 제외하곤 그저 믿거나 말거나 정도의 관심을 보이곤 사라졌다. 로스웰도 아닌 연주군 가수리에 외계인이 나타났다는 걸 진심으로 믿진 않겠지….

놓치다

"알백!"

현관문을 열고 나서려는데 보라 언니가 알백을 불렀다. 알백과 귤희가 돌아보자 보라 언니가 망설이다가 알백 앞으로 오른손을 뻗었다. 그러고는 천천히 검지를 폈다. 알백은 영문을 모르고 그 손가락 끝을 바라보고 있었다.

"언니! 애 E.T. 아니야."

"아… 그냥. 한번 해 보고 싶었어. 하하…."

귤희는 한숨을 쉬며 현관문을 열었다. 오늘 하루도 녹록지 않겠구나 하는 생각이 들었다. 귤희는 어젯밤에 꿰매 둔 배낭을 바짝 고쳐 멨다.

아침 내내 알백은 시시각각 올라가는 자기 영상의 조회 수에서 눈을 떼지 못했다. 귤희가 영상을 삭제하겠다고 하자 그럼 자기는 더 유명한 유튜버를 찾아 나서겠다고 했다. 귤희는 어이없었지만 그동안 알백이 보여 준 적극적인 실천력을 떠올렸다. 그래서 영상을 삭제하지 않는 대신 알백은 더는 귤희의 채널에 아무 짓도 할 수 없다는 조건을 걸었다. 핸드폰도 해가 지기 전 딱한 번만 사용할 수 있다는 조건을 걸었다.

지하철을 기다리면서 귤희와 알백은 어제 본 검은 모자가 있는지 살폈지만 비슷한 사람은 없었다. 혹시 다른 옷을 입고 있을지도 모른다는 생각도 들었지만 지하철의 모든 사람을 의심할 순 없었다. 따라올 테면 따라와 보라는 심정으로 귤희는 지하철에 올라탔다.

"딱 한 번은 좀 심한 거 같아."

지하철 안에서도 알백은 계속 투덜거렸다. 귤희는 할머니의 핸드폰으로 전화를 걸고 있었다.

"신호나 찾아 봐. 네가 말한 서울 남쪽이잖아."

강남역에 도착한 지하철의 문이 열리자 사람들이 플랫폼으로 쏟아져 나갔다. 그때 귤희의 핸드폰 진동이 울렸다. 알백이 귤희의 손에 있는 핸드폰을 힐끔거렸다.

"알백, 너 혹시 알림 다시 켠 거야?"

귤희는 핸드폰 화면을 확인했다. 그런데 액정 위엔 02로 시작하는 낯선 번호가 떠 있었다. 귤희는 전화를 받았다.

"귤희야!"

할머니의 목소리였다. 거기까지만 들리고는 전화가 끊겼다.

"할머니, 할머니!"

귤희는 재발신 버튼을 눌렀다. 그러나 전화를 받을 수 없다는 안내만 들릴 뿐이었다.

"강귤희, 내리자."

알백이 귤희의 손을 잡고 내린 곳은 삼성역이었다. 귤희는 쉬지 않고 할머니에게 전화를 걸었다.

"이 근처인 거 같아."

알백이 앞장서서 계단을 올라갔다. 귤희는 한쪽 귀에 핸드폰을 대고 알백의 뒤를 따라갔다. 통화 연결음 끝에 음성 사서함으로 연결되는 안내가 나왔다. 귤희는 삐 소리가 난 다음 메시지를 남겼다.

"할머니. 지금 어딘지 문자라도 남겨 줘. 나도 다 알아. 그러니까, 그러니까…."

달리던 귤희의 눈에 눈물이 고였다. '다 안다'고 말하고 나니 수많은 장면들이 한꺼번에 떠올라서였다. 귤희는 울대로 올라오는 뜨거운 것을 삼키고 마저 메시지를 남겼다.

"그러니까 나랑 같이해. 뭐든."

달리는 알백의 뒤를 쫓으며 귤희는 음성 메시지를 저장했다.

알백이 점점 더 빠르게 달리고 있었다. 귤희는 핸드폰을 꼭 쥐고 그 뒤를 따랐다. 계단을 뛰어 올라간 둘의 눈앞에 왕복 10차로의 도로가 보였다.

"끊겼어. 신호가 엄청 강했었는데 갑자기 끊겼어."

알백이 숨을 몰아쉬며 말했다. 그때 귤희가 들고 있는 핸드폰에서도 새로운 안내 메시지가 들렸다.

"전화기가 꺼져 있어…."

할머니의 전화기가 꺼졌다.

넓은 도로를 두리번거리는 둘 앞으로 사람들이 걸어 나왔다. 교차로 보행자 신호등에 파란불이 들어왔고 사람들이 각자의 방향으로 길을 건너고 있었다.

귤희는 코엑스 방향으로 길을 건넜다. 알백도 귤희를 따라왔다. 귤희와 알백은 주변 건물을 두리번거렸다. 이렇게 크고 화려한 건물들 사이에 '진국 막걸리', '한길 게르마늄' 같은 촌스러운 이름이 있을 것 같지 않았다. 그래도 찾아보는 수밖에 없었다.

알백은 주변 건물에 붙은 엄청나게 커다란 전광판들을 홀린 듯이 보고 있었다. 버스보다 큰 전광판에서 화려한 영상들이 나오고 있었다. 귤희는 그 전광판에 할머니 사진을 올려서 '사람을 찾습니다' 하고 광고라도 하고 싶었다. 그러나 알백은 전혀 다른 생각을 하고 있었다. 휘둥그레진 눈으로 치열이 다 보이도록 웃고 있는 알백의 표정을 보니 이미 저 영상과 화면에 빠져든 것이었다. 알백이 또 어떤 사고를 칠지 몰랐다. 귤희는 알백에게 이곳에 온 목적을 다시 한번 상기시켜 줄 필요가 있다고 느꼈다.

"알백. 알백! 집중해! 아까 강력했다는 그 신호, 어디쯤이야?"

"어? 어… 그게…."

전광판에서 쏟아지던 광고들 사이에서 알백이 말하던 그 광고가 나오고 있었다.

지구를 지키는 과탐의 빛. 광한길.

성능이 좋지 않았던 알백의 안테나가 화려한 화면으로 가득 찬 곳에서 더 무뎌지고 있었다. 귤희는 지하철에서 들었던 할머니와의 짧은 통화를 생각했다. 이야기를 주고받은 게 아니니 대화라고 하긴 힘들었다.

"귤희야!"

그 한마디였다. 다급한 목소리였다. 숨이 찬 목소리였다. 할머니는 어디에서 그 전화를 한 것일까? 귤희에게 어떤 말을 하고 싶었던 것일까?

가수리에서도 할머니가 귤희를 그렇게 다급하게 부른 적은 없었다.

그 한마디를 하고 통화가 끊겼다면… 할머니가 다급하게 전화를 걸었지만 다른 누군가가 할머니 손에서 수화기를 빼앗아 전화를 끊었을지도 모른다는 데에 생각이 미쳤다. 귤희에게 무언가를 말하려는 목소리였다. 귤희는 조급해졌다. 손에 쥔 핸드폰은 이제 배터리가 반도 남지 않은 상태였다. 보라 언니의 집을 나온 다음부터 줄곧 발신 버튼을 누르고 있었으니 그럴 만했다.

귤희는 진국 막걸리 주소를 적은 할머니 장부 사진을 열었다. 서울시 강남구 145-○번지.

길 찾기 앱에 진국 막걸리 주소를 입력했다. 삼성역에서 버스로 20분 정도 가면 되는 거리였다. 삼성역과 대치역 사이 어디쯤인 듯했다. 귤희는 버스 정류장을 찾다가 아까 지하철을 타고 얼마 남지 않은 교통 카드 잔액을 떠올렸다.

"알백. 버스 카드만 충전하고 바로 가자."

"어, 그래. 강귤희 너 그거 충전하고 와. 나는 할머니한테 전화해 보고 있을게. 혹시 모르잖아. 또 연결될지."

"그래. 집중 좀 해 봐."

귤희는 알백에게 핸드폰을 건네고 근처에 있던 편의점으로 들어갔다. 편의점 계산대에 물건을 계산하는 손님이 있어서 그 뒤에 줄을 섰다.

"만 원 충전해 주세요."

교통카드를 충전하고 나왔는데 알백이 보이지 않았다. 귤희는 주위를 두리번거렸다. 또 전광판 영상에 홀렸나 해서 전광판이 잘 보이는 쪽을 살폈지만 알백은 없었다. 그러다 근처에 있던 대형 기획사 건물 앞에 사람들이 몇 겹으로 서 있는 모습을 발견했다. 아이돌이라도 나왔나 하고 바라보던 귤희의 귀에 낯익은 목소리가 들렸다.

"흐. 흐. 맞아요. 제가 그 주인공입니다."

저 어색한 웃음소리… 알백이었다!

"와! 진짜 그 영상?"

사람들은 각자 자기 핸드폰으로 알백을 찍고 있었다. 알백의 손에 들린 귤희의 핸드폰에선 '채널 ㄱㅅㄹ'에 알백이 올린 영상이 나오고 있었다. 알백은 그 화면을 자기 얼굴 옆에 붙이고 사람들에게 일일이 보여 주고 있었다. 귤희 옆에 있던 학생들의 대화가 들렸다.

"채널 ㄱㅅㄹ이 뭔데?"

"야, 너 그거 몰라? 오늘 아침에 난리 났었잖아. 박혁거세 재방문 영상! 이거야. 조회 수 벌써 100만 넘었네."

100만! 귤희는 순간 현기증을 느꼈다. 알백이 벌인 일이 걷잡을 수 없이 커지고 있었다.

몇 겹의 인파에 둘러싸인 알백은 더 높은 곳으로 올라가 두 손을 흔들었다.

'아주 광고를 해라.'

"알백! 알백!!"

귤희가 사람들을 헤치고 알백 쪽으로 가려고 했지만 뚫을 수

놓치다

가 없었다. 사람들은 너도나도 알백의 영상을 찍고 있었다. 그리고 그 영상을 자기 SNS에 올리고 있었다. 귤희는 빨리 알백을 데리고 도망가야 한다는 생각뿐이었다.

"알백! 야, 알백! 나 여기 있어!"

귤희의 목소리는 사람들이 연호하는 소리에 묻혀 버렸다.

"신, 알, 백! 신, 알, 백!"

귤희는 계속 손을 흔들고 점프를 하며 알백을 불렀다. 그러다 알백 근처에서 자신을 바라보는 눈빛과 마주쳤다.

'저 눈빛….'

기억났다. 귤희의 배낭을 찢었던 그 검은 모자의 얼굴이었다. 등허리로 날카로운 것이 지나가는 느낌이었다.

'뭐야. 오늘도 줄곧 따라온 거야? 도대체 뭐냐고!'

귤희는 사람들 사이로 있는 힘껏 파고들었다. 그러나 사람들이 만든 단단한 띠를 뚫고 들어가기는 역부족이었다.

'알백. 쟬 데리고 가야 하는데.'

검은 모자가 귤희 쪽으로 다가오고 있었다. 귤희와는 달리 검은 모자는 사람들의 띠를 끊어 내며 조금씩 조금씩 다가왔다. 더 놀라운 건, 그 검은 모자 뒤로 또 다른 검은 모자 셋이 더 있었다는 것이다. 검은 모자들은 귤희를 향해 다가오고, 알백은 사람들의 환호에 취해 더 신이 나서 손을 흔들고 있었다. 검은 모자들은 이제 귤희의 몇 발자국 앞까지 다가왔다. 이대로 있다가는 꼼

짝없이 저들에게 잡힐 것 같았다. 귤희는 일단 혼자라도 피할 수밖에 없었다. 뒤돌아서 사람들 사이를 헤치고 나가는 것은 좀 더 수월했다. 사람들 사이로 빠져나간 귤희는 버스 정류장 쪽으로 달렸다. 검은 모자들이 인파의 마지막 라인을 통과하고 있었다. 귤희는 막 정류장 쪽으로 들어오는 택시에 올라탔다.

"기사님. 출발해 주세요."

"어디로요?"

"동서2동으로요. 얼른요!"

택시가 출발하고 나서 뒤쪽 창밖을 보니 검은 모자를 쓴 네 명의 남자들이 달려오고 있었다. 그 너머로 보이는 알백은 여전히 사람들 속에서 웃고 있었다.

귤희는 택시 등받이에 몸을 기댔다. 간발의 차로 검은 모자들을 따돌렸지만 알백을 두고 왔다.

'검은 모자들이 알백에게 갈까? 보는 사람들이 저렇게 많으니 알백을 어떻게 할 순 없겠지?'

초조해진 귤희는 손톱을 물어뜯었다. 모든 것을 잡아먹는 소용돌이 속에 빠진 기분이었다.

'침착하자. 그래도 알백이 핸드폰을 가지고 있잖아. 도착하면 내려서 공중전화로 전화를 걸자. 그리고 다시 만나면 돼.'

귤희는 눈을 감고 심호흡을 했다.

진국 막걸리

진국 막걸리의 주소는 재래시장 입구 옆에 있는 낡은 건물이
었다. 고층 빌딩과 넓은 도로를 지나서 재래시장이 있는 동네가
나온다는 게 신기했다. 진국 막걸리가 있어야 할 건물은 하얀 외
벽이 군데군데 벗겨진 2층짜리 상가 건물이었다. 그 건물은 시장
입구 오른쪽으로 꺾여 있었는데 시장 안까지 같은 건물이 뻗어
있어서 그 기다란 건물이 시장 자체로 보이기도 했다. 진국 막걸
리의 번지가 쓰인 마지막 부분이 펜 자국에 가려져 있었으니 여
기서부터는 사람들에게 물어보는 수밖에 없었다. 귤희는 시장
입구에 있던 떡볶이집 아줌마에게 다가갔다.

"저, 혹시 이 근처에 진국 막걸리라고 있지 않나요?"

"진국 막걸리? 처음 들어 보는데? 이 시장에 막걸리 파는 덴

없을걸? 저 아래 전집에서 파는 막걸리는 있을 거야."

 귤희는 과일가게와 떡집에도 들러 진국 막걸리를 아느냐고 물었지만 안다는 사람은 없었다. 여기까지 오면 금방 찾을 수 있을 줄 알았던 귤희는 힘이 빠졌다. 진국 막걸리 위치부터 찾아 두고 알백에게 전화를 걸려고 했던 귤희의 마음은 더 초조해졌다. 귤희는 알백이 더 일을 벌이기 전에 통화부터 해 두는 게 낫겠다고 생각하며 시장 입구에 있던 공중전화 부스로 갔다. 귤희는 공중전화를 써 본 적이 없었다. 수화기를 드니 동전을 넣으라는 안내가 나왔다. 주머니에 있던 100원짜리를 넣고 자기의 핸드폰 번호를 눌렀다. 그러자 전화기가 꺼져 있다는 안내 음성이 들렸다. 알백이 전화기를 꺼 놓은 걸까? 그건 아닐 것이다. 자기 영상의 조회 수를 보느라 정신이 없던 알백의 표정이 떠올랐다. 그리고 알백과 헤어지기 전 핸드폰 배터리가 3분의 1 정도 남아 있던 것이 떠올랐다.

 "배터리 다 됐나 봐!"

 귤희는 눈앞이 캄캄했다. 알백이 바로 핸드폰을 충전할 수 있을까? 지금쯤이면 알백도 귤희가 없어졌다는 걸 알았을 것이다. 검은 모자들이 알백의 주변에 있을지, 알백이 여전히 사람들 무리 속에서 시선을 끌고 있을지… 어느 쪽이든 불안한 건 마찬가지였다. 핸드폰마저 꺼져 있는 지금, 귤희는 알백에게 연락할 방법도 없었다. 아무 얘기 없이 떨어지게 됐으니 알백을 찾을 수 없을지도 모른다는 불안감이 밀려왔다. 귤희는 수화기를 내려놓고 공중전화 부스 안에서 쪼그려 앉았다. 할머니도 알백도 귤희가 알 수 없는 상황에 있었다. 둘 다 귤희가 영영 닿을 수 없는 곳에 있는 것일까 봐 불안하기만 했다. 그리고 갑자기… 귤희는 이 낯선 서울에 자기 혼자 있다는 사실이 무섭게 느껴졌다. 알백과 함께 있을 때는 어떻게 해서든 할머니를 찾을 수 있다고 믿었었다. 그런데 지금은 아무것도 자신이 없었다. 시장 입구엔 쉴 새 없이 사람들이 드나들고 있었다. 그 사람들 중에서 귤희에게 눈길을 주는 사람은 없었다. 귤희는 걸어가는 사람들을 멍하니 바라봤다.

"학생."

소리가 나는 쪽을 돌아보니 수레 같은 작은 전동차 뒤에 탄 요구르트 아줌마가 있었다.

"학생 왜 거기 그러고 있어?"

귤희는 아무 대답도 할 수 없었다. 요구르트 아줌마는 전동차에서 내리더니 앞쪽에 있던 아이스박스의 뚜껑을 열고 작은 요구르트 하나를 꺼냈다. 그리고 그걸 귤희 손에 쥐어 주었다.

"왜 그렇게 힘이 없어 보여. 이거라도 마셔요."

귤희는 손안에 쏙 들어오는 작은 요구르트 병을 쳐다봤다.

'그래. 이렇게 앉아 있으면 아무것도 알 수 없어.'

귤희는 엉덩이를 털고 일어나 공중전화 부스 밖으로 나왔다.

"감사합니다. 아주머니… 그런데 혹시 진국 막걸리라고 못 들어 보셨어요? 저희 할머니가 거기 막걸리를 좋아하시는데 못 찾겠어서요. 이 시장 안에 있다고 하셨는데…."

"진국 막걸리? 못 들어 봤는데."

아주머니는 전동차를 밀고 귤희를 지나쳐 갔다.

'주소가 잘못된 건가… 그럼 장부에 써 둔 건 뭐야.'

그때 요구르트 전동차가 귤희 앞으로 후진해 왔다.

"학생. 혹시 할머니가 그 막걸리 택배로 받고 그랬어?"

"네! 맞아요!"

"그럼, 거긴가? 저기 시장 중간 상가 2층에 현대 세탁소라고 있거든. 거기 배달하러 갔다가 봤었는데 그 옆에 간판도 없는 집에서 택배 박스가 여러 개 나가더라고. 궁금해서 물어보니까 우체국 택배 기사가 막걸리라고 했던 기억이 난다. 혹시 모르니까 한번 가 봐요."

"아, 네! 감사합니다!"

아주머니가 탄 전동차는 시장 안으로 움직였다.

"간판이 없는 집이라 아무도 몰랐던 거야. 우체국 택배 박스에 담긴 막걸리라면 거기가 맞을 거 같아!"

귤희는 요구르트를 한입에 털어 넣고 시장 안으로 들어갔다.

복잡한 실타래를 풀려면 실 끝을 찾아야 한다. 그리고 거기서 부터 차근차근 엉킨 것을 풀어 나가다 보면 그 모든 것이 결국은 하나로 연결돼 있는 실이라는 것을 알게 되는 것이다.

귤희는 시장 안으로 들어가 상가 2층의 간판 중에서 '현대 세탁소'를 찾았다. 시장 입구에서부터 연결된 낡은 2층짜리 건물은 서로를 마주 보는 쌍둥이처럼 같은 형태로 쭉 뻗어 있었다. 오래된 상가가 한 덩어리로 뭉친 것처럼 보이는 건물이었지만 그야말로 없는 게 없는 시장의 모습을 갖추고 있었다. 양쪽의 낮은 건물 사이의 길은 장을 보러 온 사람들과 물건을 나르는 사람들로 북적댔다. 지하철역을 끼고 있어서인지 시장을 구경하러 온 젊은 사람들도 많았다. 귤희는 서울에도 이렇게 오래되고 시끌시끌한 재래시장이 있다는 게 신기했다. 게다가 알백을 두고 온 삼성역에서 그리 멀지 않은 동네라 그 급격한 풍경의 변화가 시간 여행을 한 것처럼 느껴지기까지 했다.

그런 생각들을 하며 귤희는 열심히 현대 세탁소를 찾았다. 크기도, 색깔도, 위치도 제멋대로인 간판들이 가득한 곳이어서 더 집중을 해야 했다. 그리고 시장의 중간쯤에서 하얀 바탕에 파란색 궁서체로 쓰인 '현대 세탁소' 다섯 글자를 찾았다. 시장의 대표 상품들은 대부분 1층에 있었으니 2층의 상가는 아는 사람만 찾는 곳인 것 같았다. 현대 세탁소의 작은 간판도 아는 사람에게만 보일 것 같은 크기였다. 귤희는 상가 중간에 있는 계단을 찾아 올라갔다. 길 쪽을 향해 트여 있는 낮은 난간과 안쪽 상가 사이엔 황토색 타일이 깔린 복도가 있었다. 귤희는 거기서 현대 세탁소를 바로 찾을 수 있었다. 복도까지 세탁소의 행거가 나와 있었기 때문이다. 귤희는 현대 세탁소를 지나 요구르트 아줌마가 말한, 간판도 없는 사무실 앞에 섰다. 정말 그 사무실 앞엔 택배 송장이 붙은 우체국 택배 박스가 네 개씩 두 줄로 쌓여 있었다. 귤희는 택배 송장에 쓰여 있는 발신인 이름을 확인했다. 진국 막걸리였다. 드디어, 찾은 것이다.

　귤희는 사무실 안으로 들어갔다. 학교 교실의 반보다도 작은 공간이었다. 사람은 없었다. 가장 안쪽에 작은 사무실 책상이 하나 있었다. 그 위에 있는 건 데스크톱 하나가 전부였다. 그리고 사무실 뒤로 연결된 쪽문이 하나 있었다. 그 안쪽으로 창고 같은 게 있는 것 같았다. 사무실 안에도 간판 비슷한 건 없었다. 한쪽 벽엔 접혀 있는 우체국 택배 박스들이 줄을 맞춰 세워져 있었다. 막걸리는 보이지 않았다. 하나도.

　귤희는 쪽문 쪽을 향해 목소리를 냈다.

　"저기요. 아무도 안 계신가요?"

　대답은 없었다. 귤희는 기다리기로 했다. 사무실 문을 열어둔 걸 보면 멀리 간 것 같지는 않았다.

　귤희는 진국 막걸리를 찾아오는 내내 다른 가게 안으로 들락거리며 뒤쫓아 오는 검은 모자들이 없나 확인했다. 택시를 탈 때 그들을 따돌리긴 했지만 할머니의 장부를 가져갔으니 어떻게든 진국 막걸리가 있는 곳을 찾아올 것이라고 생각했다. 귤희는 그들보다 빨리 진국 막걸리를 찾고 그들보다 한발 앞설 수 있는 단서를 찾아야 했다. 그래야 귤희보다 늦게 나타나는 그들보다 우위에 있을 수 있기 때문이다. 알백마저 놓쳐 버린 지금, 귤희는 하나씩 하나씩 엉킨 실타래를 풀며 자기의 히든카드를 챙겨야 하는 것이다. 귤희는 사무실 입구가 잘 보이는 책상 옆 벽 쪽에 서서 진국 막걸리의 누군가가 나타나기를 기다렸다.

30분이 넘게 기다렸지만 아무도 들어오지 않았다. 초조해지는 귤희의 눈에 데스크톱이 자꾸 들어왔다. 삼성역에서 알백을 찍던 사람들의 핸드폰 사진과 영상들이 떠올랐다. 알백의 동선을 찾을 수 있는 방법은 거기에 있을 것 같았다.

귤희는 사무실 문 쪽을 살핀 다음 데스크톱 앞으로 가서 섰다. 검은 바탕에 알록달록한 물감이 퍼지는 것처럼 움직이는 화면 보호기가 켜져 있었다. 귤희는 슬쩍 키보드를 두드려 봤다. 그러자 바탕화면이 떴다.

"뭐야. 비밀번호도 안 걸어 됐다고?"

귤희는 인터넷 브라우저를 실행했다. 바로 검색 창이 나왔다. 귤희는 재빨리 '박혁거세', '외계인', '삼성역'을 입력했다. 그러자 알백의 사진과 영상 여러 개가 검색 결과로 나왔다. 귤희는 그중 한 블로그에 들어가 봤다.

'유튜브 스타 짝퉁 박혁거세를 만났어요'가 제목이었다. 제목에서부터 이미 알백의 영상을 믿지 않는 게 느껴졌다. 귤희로선 다행이었다. 사람들 앞에서 두 팔을 들고 웃고 있는 알백의 사진 여러 장이 있었다.

귤희는 유튜브에서도 검색을 해 봤다. 알백의 영상 여러 개가 있었다. 블로그의 사진과 비슷한 영상이었지만 그중, 검은 모자들의 뒤통수가 보이는 것이 있었다. 귤희가 도망친 다음의 상황인 것 같았다. 귤희를 놓친 검은 모자들이 사람들 사이로 끼어들어 알백을 향해 가고 있었다. 알백은 여전히 귤희의 핸드폰을 들고 사람들의 환호에 답하듯 손을 흔들고 있었다. 검은 모자들은 부채꼴 모양으로 흩어져서 알백을 향해 다가가고 있었다. 그런데 공통점이 있었다. 알백이 핸드폰을 흔들 때마다 검은 모자들이 오른쪽 관자놀이에 손을 올린다는 점이었다. 귤희는 영상을 확대해 봤다. 검은 모자들이 서로 통신할 수 있는 무선 이어폰을 끼고 있는 건가 싶어서였다. 그러나 아무것도 없었다.

검은 모자들이 알백에게 거의 다가갔을 때 알백이 검은 모자를 쳐다봤다. 알백은 그제야 그 상황을 알아챈 것 같았다. 화단에서 내려와 사람들 사이로 들어갔고 검은 모자의 반대쪽으로 달리기 시작했다.

"외계인이라는 사람이 달리고 있습니다. 순간 이동 같은 건 할 줄 모르는 거야?"

영상을 올린 사람의 목소리가 들렸다. 알백을 뒤쫓는 사람들 사이로 간간이 귤희의 핸드폰을 든 알백의 손이 보였다. 검은 모자들은 정확하게 알백을 쫓았다. 인파에 가려졌는데도 알백의 위치를 정확하게 알고 있었다. 그리고 영상은 끝났다. 다른 영상들도 찾았지만 그 다음의 장면은 없었다.

귤희의 심장이 미친 듯이 뛰고 있었다. 알백은 어떻게 됐을까? 알백의 안전을 확인할 수 없었다. 귤희는 '채널 ㄱㅅㄹ'에 들어가 봤다. 이미 조회수는 120만 회를 넘겼다. 댓글은 아직도 정신없이 올라가고 있었다. 귤희는 댓글들을 읽었다. 대부분은 조롱과 말도 안 되는 이야기들이었지만 오늘 삼성역에서 알백을 봤다는 댓글들도 있었다. 거기서 알백의 행방에 관한 단서를 찾을 수도 있을 것 같았다. 댓글을 빠르게 읽어 가던 귤희의 눈에 들어오는 단어가 있었다.

'유일한 사람….'

귤희는 거기서 스크롤을 멈췄다. 댓글은 한 줄이었다.

'유일한 사람아! 지구를 밝히는 빛을 찾아와.'

귤희를 '유일한 사람'이라고 부르는 존재. 그건 알백이었다. 그 한 줄은 알백이 남긴 메시지였다. 귤희는 확신할 수 있었다.

"너 누구야!"

귤희의 등 뒤에서 들린 소리였다. 뒤편 쪽문에서 나온 남자가 귤희를 노려보고 있었다. 귤희는 깜짝 놀라 자리에서 일어났다.

"어… 죄송합니다. 그게….'"

귤희가 상황을 설명하려고 하는데 남자가 데스크톱으로 와서 귤희가 보던 유튜브 화면을 확인했다.

"급하게 찾아야 할 게 있어서 허락도 없이 컴퓨터를 썼어요. 죄송합니다. 그런데 혹시 진국 막걸리 담당하시는 분 맞나요?"

"우리 막걸리 이름도 아네?"

남자는 흥미롭다는 표정이었다.

귤희는 남자의 얼굴과 옷차림을 살폈다. 얼굴만 보면 잘해야 고등학생 정도로 보였다. 그런데 옷차림은 완전한 아저씨 차림이었다. 남색 등산복 바지에 올리브색 등산복 티를 입고 있었다. '우리 막걸리'라고 하는 걸 보면 진국 막걸리 주인이란 뜻일 터였다. 귤희는 엄청난 동안이라고 생각하며 놀랐다. 남자는 여전히 불편한 표정으로 귤희를 쳐다보고 있었다. 당연한 일이었다. 주인이 없는 사무실에 들어와서 마음대로 컴퓨터를 쓰고 있었으니 입이 열 개라도 할 말이 없는 상황이었다. 지금 귤희의 히든 카드는 저 사람이 쥐고 있을지도 모른다. 귤희는 최대한 공손하게 두 손을 모으고 죄송하다며 인사를 했다.

"그 반지….'"

귤희는 남자의 말에 고개를 들었다. 남자의 시선은 귤희의 손에 낀 반지를 향해 있었다. 아침에 보라 언니네 집에서 나오면서 낀 엄마의 반지였다. 반지 이야기를 들은 보라 언니는 귤희에게 케이스에 담아 두는 것보다 끼고 다니는 게 좋지 않겠냐고 말했었다. 엄마도 그걸 원하지 않겠느냐고. 아직은 '엄마'라는 단어가 낯선 귤희였지만 엄마가 남긴 유일한 물건을 지니고 다니면 그 낯선 마음이 조금이라도 가까워지지 않을까 하는 생각도 들었다. 그래서 반지를 끼고 나왔다. 반지는 귤희의 약지에 맞춤한 듯 꼭 맞았다.

"그 반지. 어디서 났어?"

남자는 반지와 귤희를 번갈아 쳐다봤다. 수수하고 평범해 보이는 이 반지에 남자는 왜 관심을 보이는 걸까?

검은 모자의 정체

남자는 알 수 없는 표정을 하고 있었다. 귤희는 나이를 가늠할 수 없는 얼굴에 어울리지 않는 옷차림, 게다가 간판도 없는 진국 막걸리를 운영하고 있는 남자에게 자기 얘길 쉽게 꺼낼 순 없었다. 대답을 피할 땐 질문으로 되받는 것이 유리했다.

"여기 막걸리 파는 데 맞아요? 그런데 왜 막걸리는 한 병도 안 보여요? 그리고 그… 그쪽은 여기서 어떤 일을 하세요?"

"하. 하하. 하하. 하하."

남자가 갑자기 웃음을 터뜨렸다. 귤희는 남자가 웃는 이유를 알 수 없어 불안했다. 귤희는 사무실의 출구 쪽으로 천천히 움직였다. 그때 웃음을 멈춘 남자가 물었다.

"넌 그냥 지구인은 아닌 거 같다?"

지구인? 귤희는 남자의 그 말에서 많은 것을 알 수 있었다. 지구인과 지구인이 아닌 존재로 나누는 기준을 가진 건… 알백과 같다는 것이다. 그러고 보니 마침표를 찍는 것처럼 웃는 것도 알백과 같았다. 귤희는 놀랐지만 알백을 처음 만났을 때 들었던 그 '선배'들의 이야기를 떠올렸다. 남자도 귤희가 자신의 말을 그렇게 해석할 걸 알고 있는 듯했다. 귤희는 미소를 지으며 속으로 외쳤다.

'찾았다. 히든카드!'

"그쪽도 그냥 지구인은 아닌 거 같네요."

귤희는 자기의 카드를 꺼냈다. 지구인이 아닌 다른 존재를 알고 있는 사람만이 할 수 있는 말을 한 것이다. 이 정도면 상대에게 가장 확실한 답을 한 것이라고 생각했다.

"여기 막걸리 파는 데 맞고, 난 여기서… 뭐, 사장이라고 해 두자. 내 이름 붙여서 만든 막걸리니까. 난 진국 막걸리 사장 김진국이다. 자, 이젠 너도 얘기해 봐."

"전 지구인 강귤희요. 할머니가 여기 막걸리를 배달해서 드셨어요. 할머니 장부에서 여기 주소를 보고 찾아온 거예요."

"할머니? 우리 막걸리를 너희 할머니가 먹었다고?"

"네. 대산면 가수리 혁거세 슈퍼. 알죠? 매주 택배를 보낸 곳이니 모를 순 없을 거예요."

진국의 얼굴엔 여전히 미소가 남아 있었다.

"그래. 알지 가수리. 그럼 네가… 귤희구나?"

귤희는 좀 놀랐다. 진국이 알백과 같은 외계인일 거라는 짐작은 했다. 그러나 진국이 왜 막걸리를 만들어 파는지, 할머니는 왜 그 막걸리를 매주 시켜 먹는지는 물음표로 남아 있는 상태였다. 그런데 그 물음표 사이로 진국이 전혀 예상하지 못한 말을 한 것이다. 귤희의 이름을 알고 있다니. 그렇다면 진국은 할머니와도 개인적인 친분이 있다는 뜻이었다. 단순히 막걸리 업체 사장과 그 막걸리를 주문하는 사람만의 관계가 아니라는 것이다.

"우리 할머니 알죠?"

귤희는 확신에 차서 물었다.

"흐. 알지. 이미지 여사님."

"혹시. 할머니… 여기 왔었나요?"

진국은 잠깐 망설이는 표정이었다.

"너, 할머닐 찾으러 여기까지 온 거야? 그럼, 쟤는 또 뭐야?"

진국이 데스크톱 쪽으로 턱짓을 하며 말했다. 진국이 말하는 '쟤'는 데스크톱 화면에 떠 있는 유튜브 영상 속의 알백을 말하는 것 같았다.

"네가 보고 있던 쟤. 오늘 아침 유튜브에서 시끌시끌하던데. 쟤도 너랑 같이 온 거야?"

진국은 귤희의 이름도, 알백의 존재도 알고 있었다. 그리고 알백의 존재를 아주 많이 신경 쓰고 있는 것 같았다.

"할머니 얘기부터 좀 해 주세요. 며칠째 연락이 안 돼요. 우리 할머니 여기 왔었죠?"

진국은 갸우뚱한 표정으로 귤희를 쳐다봤다.

"할머니한테 아무 말도 못 들었어?"

"서울에 다녀오겠다는 말만 남기고 사라졌어요. 오늘 아침엔 다급한 목소리로 전화를 걸었다가 끊었고요. 이상한 일이 너무 많아요."

귤희는 진국의 표정이 미묘하게 바뀐 걸 느꼈다. 그렇지만 귤희의 말 어느 부분 때문인지는 알 수 없었다.

"너… 할머니에 대해 다 알고 있는 게 아니구나?"

귤희는 멈칫했다. 진국의 말은 할머니가 사라진 순간부터 귤희가 가장 절절하게 느껴 왔던 것이었다. 유일한 가족인 할머니에 대해 귤희는 알고 있는 것이 너무 없었다. 그리고 이상한 단서 속에서 할머니를 찾아다닐수록 그 사실이 점점 더 명확해지는 것 같았다. 그러나 방금 만난, 막걸리집 사장일 뿐인 낯선 외계인에게 그 말을 들으니 왠지 발끈하고 올라오는 것이 있었다.

"뭐… 얼마나 알아야 다 아는 건데요?"

"흠… 네가 유일한 사람이라면 이미 다 알았겠지… 그 반지 때문에 내가 오해했네. 그거 이미지 여사 반지 맞는데… 아무튼, 네가 아니라면 아무 얘기나 다 해 줄 수는 없겠는데?"

유일한 사람? 저 어색한 표현을 진국도 쓰고 있다. 귤희는 알백이 말한 '유일한 사람'과 지금 진국이 말한 '유일한 사람'이 같은 뜻일지 궁금했다.

"외계인들은 원래 '유일한 사람'이란 말을 좋아해요?"

진국은 핏, 하고 웃는 소리를 냈다.

"쟤가 너한테 그랬어? 유일한 사람이라고?"

진국이란 저 남자 아니, 외계인은 귤희의 머릿속에 들어와 있는 것처럼 말했다.

"하하. 쟤가 너한테 그랬다면… 넌 정말 이미지 여사의 유일한 사람은 아니겠다."

귤희는 순간 정수리로 피가 확 몰리는 것 같은 느낌을 받았다.

"유일한 사람인지 뭔지 당신들이 말하는 그게 어느 정도를 말하는 건지 난 모르겠어! 그래도 할머니한테 난 중요한 사람일 거야. 유일한 사람이 아니어도 돼!"

진국은 씩씩거리는 귤희의 표정을 보며 당황한 것 같았다.

"알았다 알았어. 진정해. 하하. 갑자기 쌈닭 같아지네? 유일한 사람은… 우리한텐 아주 중요한 개념이야. 우리가 말이야… 내가 말하는 '우리'가 뭔진 알겠지? 그런 '우리'가 정말 마음을 주고받을 수 있는 존재는 딱 하나야. 지구인들처럼 여러 관계를 만들고 여러 사람과의 관계를 유지하고 마음을 주는 건 할 수 없어. 우리에겐 유일한 사람, 그 한 사람뿐이야. 그 사람이 사라지면? 그럼 더는 사랑하고 마음을 줄 수 있는 존재는 없는 거지. 알겠어? 유일한 존재에겐 '우리'의 정체를 숨기지 않아. 우리의 어떤 것이라도 줄 수 있지. 그 관계는 우리가 먼저 끝낼 수 없어. 네가 할머니에 대해 모른다면, 안타깝지만 넌 이미지 여사의 유일한 사람이 아닐 거야. 그러니 나도 너에게 이미지 여사에 대해 함부로 얘기해 줄 순 없어."

귤희는 머리를 한 대 맞은 것 같았다. 진국의 말은 무슨 뜻일까. 진국이 말하는 '우리'는 진국과 알백만이 아니란 걸까?

'쟤가 너한테 그랬다면… 넌 정말 이미지 여사의 유일한 사람은 아니겠다.'

진국의 말이 회오리처럼 귤희 머릿속을 헤집어 놓았다. 진국은 한쪽에 접혀 있던 의자를 펴서 귤희 옆에 놓아 주었다.

"내가 한 말이 무슨 뜻인지 알겠지? 흠… 지구에서 살고 있는 외계인들이 좀 있어. 뭐, 다 쟤처럼 저렇게 요란하게 나타나거나 관심을 받으려고 용쓰는 건 아니고. 다들 떠나온 덴 이유가 있으니까 각자의 이유를 채우려고 하지. 우리도 복잡하다면 복잡해. 먼저 정착해서 지구 좀 안다고 어려운 친구들을 이용하는 놈들도 있고…."

귤희가 궁금한 건 둘뿐이었다. 지구에 살고 있다는 진국의 다른 친구들은 알 바 아니었다.

"그럼. 할머니가…."

귤희는 간신히 목소리를 냈다.

"난 더 해 줄 말이 없다. 다른 얘긴 직접 들어."

할머니를 꼭 찾아야 한다. 귤희는 마른 침을 삼켰다. 진국에게 정보를 더 얻어 내야만 했다.

귤희는 아침에 할머니에게서 온 전화번호를 떠올렸다. 핸드폰이 아닌 일반 전화번호였다. 요즘 유선 전화를 쓰는 집은 드물다. 유선 전화는 보통 사무실이나 공공기관에서 쓸 것이다. 귤희는 책상 왼쪽 끝에 놓여 있는 유선 전화기의 수화기를 들었다. 그리고 재발신 버튼을 눌렀다. 그러자 전화기 위쪽 작은 화면에 귤희의 핸드폰 번호가 떴다. 할머니가 귤희에게 걸었던 전화는 바로 이곳 진국 막걸리 사무실의 번호였다. 귤희를 보고 있던 진국은 귤희가 무엇을 확인하려고 했는지 이해한 것 같았다.

"그래, 여기 있었어. 네가 위험해진 것 같다고 경고를 하려던 거고."

"할머니 핸드폰은 왜 꺼져 있어요? 지금은 어디로 갔고요!"

"핸드폰 신호는 위치 추적기나 마찬가지야. 그래서 내가 끄게 했어. 그런데도 네가 걱정할 거라며 중간중간 켜 놨던 모양이더라. 우리 사무실 안에서 나간 신호는 그놈들이 못 찾아. 내 알피로 막아 뒀거든. 그러니까 놈들이 네 신호를 쫓았던 거야. 놈들이 너한테 가까워진 걸 알고 이미지 여사가 전화를 건 거야. 마침 내가 그걸 보고 끊어 버린 거고. 그렇게 위험한 짓을 하다니 놀랐지 뭐냐. 그래서 난 더 네가 '유일한 사람'인 줄 알았지."

"신호? 알피? 놈들? 알아먹게 좀 얘기해 봐요!"

그때 쪽문 안쪽에서 호루라기 소리가 들렸다. 진짜 호루라기 소리와는 좀 다른 소리였다. 경보음인 것 같았다. 진국은 쪽문 안으로 들어가 경보음을 끄고 나오더니 데스크톱에서 시시티브이 영상을 확인했다. 화면은 열여섯 개로 분할돼 있었다. 시장 골목의 거의 모든 방향을 볼 수 있었다. 시장 골목을 중심으로 입구와 출구, 상가 건물로 연결되는 중간 계단들이 보였다. 귤희는 그 시시티브이 카메라를 진국 개인이 설치한 건지 궁금했다. 간판도 없는 사무실에 있으면서 무엇이 걱정돼서 이렇게 많은 시시티브이를 연결한 걸까?

진국은 열여섯 개의 화면 중 두 개의 화면을 확대했다. 시장 중간쯤이었다. 귤희는 확대된 화면을 보고 깜짝 놀랐다. 사람들 사이에 검은 모자들이 있었다. 할머니의 장부를 가져간 그들이 결국 여길 찾아낸 것이다.

"시간이 없다. 넌 빨리 피해. 저쪽으로 나가면 아래로 내려가는 계단이 있어. 그 계단으로 내려가면 뒤쪽 건물로 연결된 좁은 골목이 나올 거야. 거기로 나가. 거기 있는 문 비밀번호는 2579야. 거기로 나가면 지하철역으로 갈 수 있어."

진국이 다급하게 말했다. 화면 안의 검은 모자를 귤희만 알아본 게 아니었다.

"검은 모자들을 알고 있어요?"

"검은 모자? 넌 그렇게 불렀어? 뭐 그런 건 상관없고. 네가 잡히면 할머니도 곤란해져. 그러니까 빨리 피해."

"할머닌 어디 있는데요? 그걸 알아야 여기서 나갈 거예요."

진국은 불편한 표정으로 귤희를 노려봤다. 데스크톱의 화면은 붉은 빛을 깜박이고 있었다. 화면 안의 검은 모자들은 현대세탁소 쪽을 바라보고 있었다. 진국은 쪽문 쪽으로 귤희를 밀어넣으며 말했다.

"이미지 여사 말대로 고집불통이군. 한길 게르마늄. 들어 봤지? 거기로 갔을 거야."

한길 게르마늄! 진국은 한길 게르마늄도 알고 있었다.

"거기가 어딘지 몰라요."

"대치동…."

진국이 거기까지 말하는데 복도 쪽에서 달려오는 발소리가 들렸다. 진국은 재빨리 문을 닫았다. 그리고 쪽문 앞으로 캐비닛을 옮기는 소리가 들렸다. 귤희는 진국에게 더는 질문을 할 수 없었다. 귤희는 쪽문 쪽으로 귀를 바짝 댔다. 벽 앞 캐비닛을 치우면 바로 들킬 상황이었지만 귤희에겐 정보가 더 필요했다. 귤희의 히든카드가 될 수 있는 진국과의 대화가 너무 짧았다. 알백도, 할머니도, 핸드폰도 없는 귤희가 한길 게르마늄을 찾아가고 그 둘을 찾아내려면 꼭 필요한 무언가가 있어야 했다.

"오랜만이야."

진국의 목소리였다. 진국이 검은 모자들과 아는 사이라니…
귤희는 혼란스러워졌다.

"이렇게 가까운 데 있을 줄은 몰랐네에? 지구인들 말이 아주
절묘해에? 왜 등잔 밑이 어둡다고 하는 줄 알겠다니까아?"

귤희는 검은 모자들의 목소리를 모른다. 그들이 말하는 걸 들
어 본 적이 없었으니까. 그런데 지금 저 대화의 상대는 더 낯선
인물이라는 생각이 들었다. 소리 없이 귤희 주변을 배회하던 검
은 모자의 목소리라고 하기엔 뭔가… 가벼웠다. 게다가 말끝을
길게 늘이며 올리는 말투도 왠지 어디선가 들어본 것 같았다.

"허. 날 계속 찾았다는 거야? 뭐 하러? 이런 시장에서 조그만
장사나 하는 내가 뭐가 궁금하다고."

진국은 태연하게 말했다.

"조그만 장사만 하는 게 아니잖아? 다 어디로 빼돌린 거야
아? 너 때문인 거 같더라구우. 다들 예약 장소에 나타나지 않는
게에? 특히 그 여사님, 아주 괜찮은 알피를 넘기기로 했는데 갑
자기 사라졌어어!"

"무슨 말인지 모르겠네."

"그으래? 지구 물정 모르고 나대는 앤 하나 잡아 뒀거드은?
그런데 걔랑 같이 있던 애, 너도 알지? 그 여자애? 걔가 여기로
온 거 같더라구우. 핸드폰이 꺼져 있어서 애는 좀 먹었지만 다른
게 있어서 결국은 찾아왔거드은. 걔 어딨어?"

귤희는 너무 놀라 계단 아래로 미끄러질 뻔했다. 물정 모르고 나대는 애? 귤희는 알백을 쫓던 검은 모자들의 모습을 생각했다. 저 말은… 알백이 그들에게 잡혔다는 뜻이었다. 그들은 알백의 정체도 알고 있었다.

"내가 말해 줄 거라고 생각하는 거야? 넌 창피하지도 않아? 동족들 목숨 같은 걸 빼앗아서 그렇게 호의호식하는 게?"

진국의 목소리에 분노가 묻어 있었다. '동족들'이라고 했다. 진국의 동족이라면….

"뭐. 기대는 안 했어어."

상대는 그럴 줄 알았다는 말투였다. 그리고 지시하듯 주변에 말했다.

"찾아봐! 아직 근처에 있을 거야아!"

검은 모자들에게 하는 말이었다. 그는 검은 모자들의 우두머리였다. 진국이 고함치는 소리, 검은 모자들이 사무실 여기저기를 뒤지는 소리가 들렸다. 쪽문 바로 앞의 캐비닛 문도 열리는 소리가 났다. 더 지체할 수 없었다. 귤희는 계단으로 뛰어 내려갔다. 그런데 그만.

"쿠궁!"

좁고 어두운 계단을 내려가려다 발을 헛디뎌 미끄러져 버렸다. 귤희가 철제 계단에 부딪히는 소리가 크게 울렸다.

"캐비닛 치워!"

안쪽에서 고함 소리가 들렸다. 귤희는 벌떡 일어나 뛰었다. 캐비닛만 치우면 그들이 바로 귤희 등 뒤에 붙어 있는 것과 마찬가지였다. 넘어지면서 발목을 삐었지만 지금은 그걸 신경 쓸 수 없었다. 귤희는 절뚝대며 계단을 내려가 진국이 알려 준 건물로 통하는 문의 도어 록 비밀번호를 눌렀다. 도어 록이 열리고 건물 안으로 들어가자 뒤에서 계단을 뛰어 내려오는 어지러운 발소리들이 들렸다. 귤희는 건물의 정문을 찾았다. 도어 록을 누르는 소리가 등 뒤에서 들렸다.

"삐빅!"

"잠겼습니다!"

"그냥 부수면 되잖아아!"

그리고 두꺼운 유리문이 깨지는 소리가 났다. 귤희는 간신히 건물의 정문을 빠져나왔다. 진국의 말대로 건물은 지하철역 출구와 가까웠다. 빨리 사람들 속에 섞여야 했다. 귤희가 숨을 수 있는 곳은 비슷한 사람들 속. 그곳뿐이었다. 귤희는 배낭에서 꺼낸 야구 모자를 눌러쓰고 지하철역 앞으로 내려갔다. 뛰지는 않았다. 사람들이 걷는 속도에 맞춰 앞을 향해 걸었다. 아픈 발목을 절뚝이지 않으려고 힘을 줬다. 발을 디딜 때마다 아팠다. 그래도 똑바로 걸어야 했다. 그들 눈에 띄면 안 되기 때문이다. 수많은 사람들 중 하나, 구분해 낼 수 없는 평범한 모습으로 귤희는 지하철역 안으로 들어가 플랫폼에 섰다.

지구를 지키는 빛

"이번 역은 대치, 대치역입니다."

귤희는 자리에서 일어나 문 앞에 섰다. 다행히 검은 모자들을 따돌렸다. 주말이라 낮에도 지하철에 사람들이 많은 덕분이었다. 귤희는 대치역에서 내렸다. 지하철역 계단을 올라온 귤희는 바쁘게 걷는 학생들로 가득 찬 인도에 서서 앞을 쳐다봤다. 도로 양옆에 빽빽하게 늘어선 건물엔 수많은 학원 간판들이 있었다. 진국의 말대로 대치동까지 왔지만 여기서부터는 귤희가 찾아내야 했다.

귤희는 진국 막걸리에서 들었던 정보들을 되짚어 봤다. 검은 모자들의 우두머리가 있고, 그 우두머리는 알백을 잡아 두고 있다. 할머니를 찾기 위해 귤희를 쫓고 있는 것 같다.

귤희는 묘하게 끝을 늘이는 그 목소리가 한 말들을 계속 떠올렸다. 그리고 소화가 안 된 것처럼 계속 걸려 있던 한마디를 떠올렸다.

'다 어디로 빼돌린 거야아? 너 때문인 거 같더라구우. 다들 예약 장소에 나타나지 않는 게에?'

예약 장소! 귤희는 낯익은 그 단어를 집어 냈다. 그건 귤희가 한길 게르마늄의 암호를 풀어 메시지로 보냈을 때 받았던 문자에 있던 말이었다. 예약 장소로 오라는 말! 검은 모자의 우두머리가 한 말이 그것이라면… 그건 그들이 곧 한길 게르마늄과 관련된 사람들이라는 뜻이었다!

할머니가 한길 게르마늄의 예약 장소에 가지 않았다는 것도 다시 한번 확인한 셈이다. 그리고 그들은 예약 장소에 나타나지 않는 존재들을 쫓고 있는 것이다.

귤희는 거기까지 생각하며 걷다가 멈춰섰다. 순간 발목에 번개를 맞은 것처럼 통증이 밀려왔기 때문이다. 절뚝이며 너무 오래 걸어서인 것 같았다. 온몸에서 식은땀이 흘렀다. 귤희는 가까이 보이는 버스 정류장 의자에 앉았다. 찜통처럼 더운 날씨였다. 거기다 발목 때문에 식은땀까지 흘리는 귤희의 몸은 숨이 막힐 것처럼 뜨거웠다. 귤희는 주위를 살폈다. 혹시나 검은 모자들이 있을까 싶어서였다. 주변에 보이는 사람들이 다 귤희를 쳐다보는 것처럼 느껴졌다. 귤희는 그럴 리 없다고 자신을 다독였다. 아픈 발목과 열 때문일 거라고.

귤희는 알백을 떠올렸다. 신이 되고 싶어서 지구인을 찾아다니던 알백을 떠올리자 조금은 웃음이 났다. 빨리 알백을 구하러 가야 하는데… 귤희는 정신을 차리려고 주먹에 힘을 주었다. 그러자 오른쪽 약지가 죄어지는 느낌을 받았다. 반지 때문이었다. 엄마의 반지. 진국은 이 반지가 할머니의 반지라고 했었다. 그럼 이건 할머니가 엄마에게 준 것이라는 뜻이었다. 그리고 지금은 귤희의 손에 끼워져 있었다. 할머니와 엄마의 시간, 그리고 지금 귤희의 시간이 이 반지로 이어진 것 같은 기분이 들었다.

귤희는 반지를 들어 가까이 보았다. 처음 봤을 때의 느낌 그대로였다. 은으로 된 링에 얹혀 있는 타원형의 하얀 돌. 수수하고 깔끔한 반지였다. 귤희는 이 반지를 낀 엄마의 모습을 상상해 봤다. 반지만큼이나 순수한 사람이었을 것 같다는 상상을 하며 귤희는 피식 웃었다. 귤희는 반지를 받았을 때 엄마에 대해 한마디도 묻지 않았던 자기가 정아 아줌마에게 얼마나 이상한 애로 보였을까 하는 생각을 했다. '지금 이런 생각을 하고 있을 때가 아닌데…' 하면서도 귤희는 본 적 없는 엄마를 상상했고, 그 엄마의 곁에 있는 할머니를 생각했다. 그리고 돌멩이를 쥐고 있는 알백과 그 옆의 자기를 생각했다. 유일한 사람. 서로가 유일한 사람이라고 불러 줄 수 있는… 그런 사람들을 생각했다.

검은 모자들이 한길 게르마늄 소속이고 그 우두머리가 알백을 잡고 있으며, 언제 귤희를 찾아낼지 모르는 상황이었다. 진국은 할머니가 대치동에 있다고 했고, 알백은 아마 한길 게르마늄에 있을 것이다. 알백이 댓글에 남긴 '지구를 지키는 빛'은 그럼 한길 게르마늄과 같은 곳이라는 뜻이었다. 귤희는 정신을 차리려 노력하며 그 단서들을 중얼거렸다. 땀을 너무 흘려 어지러운 것이라 생각하며 편의점을 찾았다. 편의점에서 시원한 물을 좀 마시면 기운이 날 것 같아 정류장 벤치 밖으로 나서던 귤희의 귀에 낯익은 말투가 들렸다.

"이번 방학 과탐은 저와 함께 정복합시다아!"

끝을 늘이며 올리는 저 가벼운 목소리… 귤희는 뒤를 돌아보았다. 버스 정류장 오른쪽 벽에 광고 영상이 나오고 있었다.

"지구를 지키는 빛 과아아앙! 과탐의 빛, 광한길! 이번 방학 과탐은 광한길이 책임집니다아!"

귤희는 다시 정류장 벤치 쪽으로 돌아갔다. 화면에선 눈이 부리부리한 남자가 엄지손가락을 치켜들고 있었다. 귤희는 벤치에 주저앉았다. 바로 저거였다. 알백이 말한 '지구를 지키는 빛', 그리고 진국 막걸리에서 들었던 그 목소리도.

"찾았다!"

귤희는 한마디를 토해 냈다. 어지러웠던 정신이 또렷해지는 기분이었다.

"뭐야. 광한길 아직도 광고해? 저런다고 누가 들어? 크크."

귤희는 깜짝 놀라 목소리의 주인공을 찾았다. 정류장 쪽으로 들어오던 귤희 또래의 여학생들이 한 말이었다.

"광고 보고 또 멋모르는 애가 갈 수도 있지. 히히."

"야, 인강으로만 들어도 구린데 누가 현강 들으러 가겠어. 언제 적 광한길이야. 에휴."

귤희는 그 학생들 옆으로 가서 물었다.

"저, 광한길이란 사람, 아니 강사 만나려면 어디로 가야 해요?"

여학생 둘은 걱정스러운 눈으로 귤희를 쳐다봤다.

"광한길 거 들으려고요? 과탐 들을 거면 광한길 말고 이주석 쌤 거 들어요."

"아… 이주석 쌤은 들어봐서 다른 쌤 강의도 들어 보려고요."

"광한길, 예전엔 엄청 날렸었는데 이제 수업도 횡설수설이고 적중률도 떨어져요."

"알아보기나 하려고요. 어디예요?"

둘은 마지못해 알려 준다는 듯 손가락으로 길 건너편을 가리키며 말했다.

"저기 대각선 아래쪽에 우주인재라는 학원 있어요. 거기로 가 봐요."

"네. 고맙습니다."

귤희는 두 학생에게 인사를 하고 돌아섰다. 여전히 식은땀이

지구를 지키는 빛

나고 어지러웠지만 목적지를 찾았다는 것만으로도 조금 기운이
났다.

"등록하기 전에 인강부터 꼭 들어 봐요!"

등 뒤에서 목소리가 들렸다. 귤희는 뒤돌아서 알았다는 표시
로 손을 흔들었다. 둘의 표정을 보니 광한길이 얼마나 인기 없는
강사인지 알 것 같았다. 능력도 없으면서 강사를 하는 외계인이
라니. 귤희는 근처에 있던 약국에 들어가 진통제를 사서 먹었다.
진통제를 삼키며 이 말도 안 되는 적을 찾아내고야 말겠다는 의
지를 다졌다.

초대장

10층짜리 건물 전체가 '우주인재'라는 학원이었다. 귤희는 1층 로비에 붙어 있는 게시판을 살폈다. 방학 특강 시간표와 과목별 강사들의 홍보물들이 커다란 벽을 가득 메우고 있었다. 정장을 입고 자신감 넘치는 표정을 짓고 있는 강사들의 홍보물엔 저마다 '믿고!', '끝!', '확실한!', '자신감!' 같은 단어가 자리하고 있었다. 귤희는 그중에서 광한길의 이름을 찾았다. 가장 인기가 좋은 강사들은 게시판의 정중앙을 차지하고 있는 것 같았다. 광한길의 홍보물은 그 중앙에서 밀려난 오른쪽 아래 귀퉁이에 있었다. 귤희는 광한길이 이 학원에 있을 거라는 걸 확인한 뒤, 엘리베이터를 탔다.

학원 사무실은 4층에 있었다. 사무실은 강의를 신청하러 온

학생들과 학부모들로 붐볐다. 사무실을 찾으면서 강사 휴게실을 살펴봤지만 광한길은 보이지 않았다. 귤희는 창구 쪽에 앉아 있는 직원에게 다가가 물었다.

"광한길 선생님 오늘 수업 있나요?"

"등록하시려고요? 그런데 어쩌죠. 광한길 쌤 수업은 이번 달엔 없어요. 몸이 안 좋으셔서 이번 달까진 쉬기로 하셨거든요."

잔뜩 긴장하고 있던 귤희는 힘이 빠졌다. 여기까지 왔으니 곧 광한길을 만날 것이라고 생각했는데 쉬기로 했다니….

"저… 혹시 선생님 전화번호 같은 건 알 수 없을까요?"

귤희의 질문에 직원은 난감한 표정으로 대답했다.

"그건 힘들어요. 쌤 강의 신청하면 질문용 채팅방에 들어갈 순 있어요. 강의 신청하시겠어요?"

"어떻게 하면 되는데요?"

"여기 신청서 작성하고, 수업료 결제하면 돼요."

귤희는 직원이 내민 수업료 안내를 보고 깜짝 놀랐다. 귤희가 낼 수 없는 금액이었다. 귤희가 망설이고 있을 때 뒤쪽에 서 있던 뿔테 안경을 쓴 여학생이 귤희의 어깨를 손가락으로 톡톡 건드렸다. 귤희가 돌아보니 잠깐 밖으로 나오라는 듯이 고갯짓을 했다. 귤희는 뿔테 안경을 따라 복도로 나갔다.

"환불 받고 싶어서 그러죠?"

뿔테 안경이 다 안다는 표정으로 물었다.

"네?"

"환불해 달라는 애들이 한둘이 아니에요. 그래서 광한길 쉬고 있는 거라니까요? 몸이 안 좋기는… 맨날 팔에 찬 게르마늄 팔찌 찰랑거리면서 자긴 그거 때문에 지치지 않고 강의할 수 있다는 둥 헛소리를 하던데. 암튼, 지난 학기가 최악이었잖아요. 나도 그 수업 믿고 들었다가 6모 완전 망했어요. 작년까지만 해도 되게 괜찮았는데 갑자기 왜 그런지 몰라…."

뿔테 안경의 말을 듣고 있던 귤희는 광한길을 찾을 다른 방법이 떠올랐다.

"저… 지난 학기에 수강하셨으면 그 질문 채팅방도 아세요?"

"뭐야. 지난 학기 수강한 거 아니었어요?"

"아, 네… 저, 부탁 좀 하나 해도 될까요?"

귤희는 뿔테 안경의 팔을 덥석 잡았다. 뿔테 안경은 깜짝 놀라 한 발 물러섰지만 귤희의 애절한 눈빛 때문인지 고개를 끄덕였다.

귤희는 뿔테 안경의 핸드폰으로 복도에서 셀카를 찍었다. 복도 중앙의 '우주인재'라는 글씨가 귤희의 등 뒤에 있었다. 그리고 핸드폰을 뿔테 안경에게 다시 돌려줬다.

"이 사진, 그 톡방에 좀 올려 줘요. 정말 조교들이 확인해서 바로바로 광한길한테 전해 주는 거 맞죠?"

"왜 그러는 건데요?"

뿔테 안경은 영문을 모르겠다는 표정으로 귤희를 쳐다봤다. 귤희는 뿔테 안경의 두 손을 꼭 잡고 말했다.

"저한테 유일한 사람들을 찾아야 해서요."

"아니, 왜 그걸 학원에 와서 찾아요? 게다가 유일한데 사람들은 또 뭐야? 유일은 한 명 말한다는 거 몰라요?"

그러면서도 뿔테 안경은 '지구를 지키는 빛'이라는 채팅방에 귤희의 사진을 올렸다.

"그 아래 이렇게 써 줘요. 초대장. 우주인재 1층."

뿔테 안경은 뜨악한 표정으로 귤희를 쳐다봤다. 그러면서도 그 메시지를 보내 주었다.

"아, 몰라. 보냈어요. 됐죠? 이놈의 오지랖이 문제야."

투덜거리며 돌아서는 뿔테 안경에게 귤희는 외쳤다.

"언니, 고마워요. 9모는 대박 날 거예요."

귤희는 복도에 있던 정수기 물을 받아 진통제 한 알을 더 삼켰다.

'내가 찾을 수 없다면 나를 찾게 해야지.'

귤희는 학원 건물 옆에 있던 편의점으로 갔다. 그리고 거기서 보조 배터리를 사서 배낭 안에 넣었다. 배낭을 다시 메던 귤희의 눈에 계산대 옆쪽의 냉장고가 보였다. 귤희는 냉장고 안에 있던 것을 세 캔 꺼냈다.

"이것도 계산해 주세요."

배낭을 고쳐 맨 귤희는 우주인재 학원 앞으로 갔다. 오후 강의가 시작됐는지 학원 앞은 한산했다. 귤희는 건물 입구 정중앙에 서 있었다.

"빨리 와라. 광한길."

서둘러야 했다. 알백도 할머니도 귤희를 기다리고 있을지 몰랐다.

'나의 유일한 사람들… 기다려.'

귤희는 배낭의 끈을 꼭 쥐고 주문을 외듯 그렇게 중얼거렸다. 그렇게 두 시간이 흘렀지만 검은 모자도, 광한길도 나타나지 않았다. 진통제 약효가 떨어져 가는지 발목이 다시 욱신거렸다. 귤희는 배낭에서 진통제와 생수를 꺼냈다. 다시 진통제를 입안에 털어 넣은 그때 학원 안에서 학생들이 쏟아져 나왔다. 귤희는 학생들 무리에 밀려 학원 앞 도로까지 나오게 됐다. 한쪽으로 피하려고 했지만 발목에서 느껴지는 통증 때문에 빨리 움직이기가 힘들었다. 중심을 잃고 한쪽으로 기우뚱하던 그때 누군가가 귤희의 팔짱을 꼈다.

'왔다!'

호랑이 굴

귤희는 자신의 팔을 잡고 있는 사람을 돌아보았다. 역시 검은 모자였다. 귤희는 말없이 검은 모자가 이끄는 대로 따라갔다. 길가에 비상등을 켠 검은 승합차가 있었다. 귤희는 그 승합차에 올라탔다. 운전석과 조수석에 다른 검은 모자들이 있었다. 귤희가 올라타자 귤희의 팔을 잡고 왔던 검은 모자도 올라탔다. 그러자 승합차가 출발했다.

"네. 출발했습니다."

조수석에 있던 검은 모자가 어딘가로 전화를 했다. 핸드폰 너머로 '알았어어!' 하고 끝을 올리는 목소리가 들렸다. 광한길일 것이다.

"알백은 무사한 거죠?"

귤희는 차 안의 검은 모자들에게 물었다. 그런데 셋 다 귤희의 목소리는 들리지도 않는 것처럼 미동도 하지 않았다. 귤희는 검은 모자들이 사람일지, 외계인일지 궁금했다. 감정도 생각도 느껴지지 않는 그들이 소름 끼치게 느껴졌다. 귤희는 옆자리에 앉은 검은 모자의 얼굴을 노려봤다. 특징이나 개성은 전혀 느껴지지 않는 평범하고도 평범한 20대 남자의 얼굴을 하고 있었다. 모자를 눌러 쓰고 있어서 더 그렇게 보였다. 그리고 룸 미러를 통해 앞자리 검은 모자들의 얼굴을 확인한 순간, 귤희는 비명을 지를 뻔했다. 같은 얼굴이었다. 검은 모자들은 얼굴도 체격도 똑같았다! 귤희는 오른손 약지에 낀 반지를 만지작거리며 마음을 진정시켰다. 이제 곧 한길 게르마늄에 들어가게 될 것이다. 그리고 알백을 만나게 될 것이다. 할머니가 그곳에 있는지 아닌지는 아직 알 수 없었다. 귤희는 머릿속으로 앞으로의 일들을 차분히 정리하고 있었다.

20분 정도 달린 승합차는 신축 오피스텔 건물의 지하 주차장으로 들어섰다. 아직 사람들이 입주하지 않은 것인지 주차장엔 다른 차가 보이지 않았다.

검은 모자들은 귤희를 데리고 엘리베이터로 갔다. 그리고 20층을 눌렀다. 꼭대기 층이었다. 검은 모자들은 여전히 표정도, 말도 없었다. 엘리베이터에서 내려 검은 모자들이 귤희를 데려간 곳은 긴 복도의 끝에 있는 방이었다. 그 복도를 걸어가는 동안 주변에 인기척은 전혀 없었다. 이 오피스텔엔 광한길과 검은 모자들뿐인 것이다. 귤희는 심호흡을 했다. 호랑이 굴에 들어온 토끼가 살 수 있는 방법은 꾀뿐이었다. 호랑이가 뜨거운 돌멩이를 떡으로 알고 먹게 해야 하는 것이다.

문을 열고 방 안에 들어섰을 때 귤희의 눈에 제일 먼저 들어온 건, 알백이었다. 긴 테이블 앞 의자에 묶여 있는 알백의 입은 테이프로 막혀 있었다. 귤희는 알백을 보자 눈물이 날 것 같았다. 그 눈물을 막은 건 광한길의 목소리였다.

"드디어 만났네에? 흐. 흐. 초대장 잘 받았어. 먼저 연락할 줄은 몰랐는거얼?"

부리부리한 눈에 묘하게 신경을 긁는 하이톤의 목소리였다. 영상에서 보던 것보다 목소리 톤이 더 높은 걸 보면 광한길이 흥분 상태인 것 같다는 생각이 들었다.

"지구인을 너무 얕본 거 아니야?"

귤희는 떨리는 마음을 누르며 당차게 말했다.

"아아, 지구인! 흐. 흐. 내가 네 또래 지구인들을 좀 잘 알지이. 그래. 어디로 튈지 모르는 나이인데 얕보긴 했다아. 흐. 흐."

"음! 으으!"

알백의 소리였다. 귤희는 알백을 돌아봤다. 알백이 온몸을 뒤틀며 소리를 내고 있었다.

"당신도 쟤랑 같은 존재잖아. 왜 쟤를 잡아 온 거야!"

"같은 존재? 뭘 그렇게 편견을 갖고 그래애? 우주적으로 보면 우린 다 같은 존재지. 뭘 지구인 외계인 나누고 그러지이? 쟤그냥 먹이 사슬 제일 아래에 있는 미끼 같은 거어. 쟤를 잡아 두면 이렇게 네가 잡히고! 너를 잡아 두면 이미지 여사가 잡힐 거니까! 흐. 흐. 흐."

할머니. 할머니는 아직 이곳에 도착하지 않은 거였다. 광한길의 목적은 처음부터 할머니였다. 그런데 왜일까? 왜 할머니를 잡기 위해 이렇게 복잡한 일을 벌이는 것일까? 귤희는 아직도 비어 있는 칸이 많다는 것을 느꼈다.

광한길에게 말을 걸면서 귤희는 오피스텔 안을 살폈다. 버스두 대를 붙여 두면 이 정도 공간이 될 것 같았다. 귤희가 들어온문은 버스의 뒷문 정도의 위치에 있었다. 그 문을 등지고 왼편벽으로 긴 유리 장식장이 있었다. 문과 마주한 창문은 통창이었지만 블라인드가 모두 내려져 있었다. 공간 중앙에 네 개의 의자가 마주 놓인 긴 테이블이 있었다. 그리고 광한길은 직사각형 테이블 너머, 내려진 블라인드를 배경으로 앉아 있었다. 귤희를 데려온 검은 모자는 셋이었다. 삼성역에서 귤희가 봤던 검은 모자는 모두 넷이었다. 한 명이 보이지 않았다.

"할머니는 왜 쫓는 거야?"

귤희는 가장 묻고 싶었던 질문을 했다.

"아, 다 알아낸 건 아니구운? 흐. 흐. 그래. 그 정도로 똑똑한 지구인은 없지이. 너희 할머니가 아주 특별한 걸 가지고 있거든. 저런 거 본 적 없어?"

광한길이 가리킨 건 벽 쪽에 있는 유리 장식장이었다. 책장처럼 칸이 나눠진 유리 장식장 안엔 흰 돌처럼 보이는 것들이 하나씩 들어 있었다. 대부분은 둥근 알처럼 보였지만 세모나 네모와 비슷한 모양도 있었고, 점이 있거나 금이 간 것 같은 무늬가 있는 것도 있었다. 묶여 있는 알백과 유리 장식장을 번갈아 보던 귤희의 머릿속에 알백을 처음 만났을 때의 장면이 떠올랐다. 희끄무레한 빛이 쏟아져 나오던 흰 상자 같던 것… 알백이 날아온 그날 보았던 그 하얗고 매끄럽던 것이 떠오른 것이다.

"우리한텐 저게… 심장 같은 거랄까, 에너지 같은 거랄까아? 저 알피엔 각자의 능력이 담겨 있어. 지구인들처럼 우리도 다 다른 능력, 잠재력을 가지고 있거든. 그러고 보니 궁금해지네? 쟤 능력은 뭐였어어?"

광한길이 알백을 쳐다보자 알백은 두 눈을 부릅 뜨고 광한길과 오피스텔 전체를 돌아봤다. 카메라를 돌려 녹화하듯이.

광한길의 말이 길어지는 걸 보고 귤희는 절뚝이며 테이블로 다가가서 의자에 앉았다. 독 안에 든 쥐라고 생각해서인지 검은 모자도 귤희가 알백 쪽으로 다가가는 걸 막진 않았다.

"뭐. 소소한 거겠지. 나는 암기력과 말하는 능력이었어. 지구에 와서 알게 됐지이. 흐. 흐. 그래. 지구는 기회의 땅이었어어!"

귤희는 배낭을 앞으로 매고 천천히 지퍼를 열었다. 그리고 알백에게 배낭 안쪽을 보여 주었다. 귤희가 무얼 하려는지 알았다는 듯, 알백은 눈을 깜박였다.

"말이 너무 긴데? 다들 광한길 강의가 별로라고 하던데 이제야 알겠네. 핵심을 못 짚고 딴소리만 하니까 그런 거였어. 할머니 얘길 물어봤잖아."

한물 간 강의 애기가 나오니 광한길의 얼굴이 벌겋게 달아오르기 시작했다.

"하… 난 그게 제일 싫어. 너희 말이야아! 집중력 없이이! 끝까지 좀 들어야지! 휴… 그래. 네가 할머니라고 부르는 이미지! 그 알피가 아주 필요하거드은! 지금 당장 말이야아! 그게 있어야 내 알피를 충전할 수 있어! 그 할멈 알피에 인큐베이터 같은 능력이 있더라구."

할머니의 알피… 귤희는 아직도 인정할 수 없었다. 할머니가 광한길이나 알백과 같은 외계의 존재란 걸… 어쩌면 귤희를 혼란에 빠뜨리기 위해 광한길이 거짓말을 하는 게 아닐까? 그 생각이 더 그럴듯하게 느껴졌다. 할머니를 만나야 모든 걸 인정하든 아니든 할 수 있을 것 같았다. 그러려면 알백과 이곳을 빠져나가야 했다. 할머니가 광한길의 덫에 걸리기 전에. 귤희는 알백의 주머니 사이로 삐져나와 있는 핸드폰을 봤다. 방전이 돼서 광한길과 검은 모자들이 핸드폰의 존재를 몰랐던 건지 핸드폰은 아직 알백에게 있었다.

"강사님!"

귤희는 소리 나는 쪽으로 뒤돌았다. 유리 장식장과 마주한 반대쪽 벽이었다. 검은 모자 둘이 서 있어서 가려졌던 벽 한쪽에 옆방과 연결된 문이 있었던 모양이다. 그 문을 열고 귤희가 찾지 못했던 다른 검은 모자 하나가 들어왔다.

"왜애!"

"신호가 잡히는 것 같습니다!"

"드디어! 그럼 집중해서 위치를 찾아야겠구운. 너흰 조금만 더 기다려어. 흐. 흐. 이미지가 드디어 덫에 걸리려나 보니까아. 하. 하. 곧 만나게 해 주마아! 알피 준비해!"

광한길이 일어나 옆방으로 갔다. 귤희가 있는 방엔 검은 모자 한명이 남았다. 신호라면… 할머니가 핸드폰을 켰다는 것이다. 위험을 감수하고 핸드폰을 켰다면 할머니는 귤희에게 전화를 할 것이다. 귤희는 알백의 옆에 붙어 배낭으로 가리고 핸드폰을 빼냈다. 그리고 자기 주머니에 넣었던 보조 배터리를 연결해 핸드폰 전원을 켰다.

"띠딩!"

핸드폰이 소리 모드로 되어 있었던 모양이었다. 전원이 들어오자마자 문자 알림음이 울렸다. 그 소리를 듣고 검은 모자가 귤희와 알백 쪽으로 왔다. 알백에게 눈짓을 하자 알백이 검은 모자를 들이받았다. 검은 모자가 쓰러지자 귤희는 의자에 묶여 있던 알백을 풀어 주었다. 그리고 배낭에서 꺼낸 캔을 세게 흔든 다음 알백의 손에 쥐어 주었다. 알백 입의 테이프까지 떼어 줄 시간은 없었다. 검은 모자가 바로 일어났기 때문이다. 귤희는 알백의 손에 있던 캔을 따 주었다. 캔 밖으로 폭탄 같은 거품이 터져 나왔다.

"던져!"

알백은 정확하게 검은 모자의 얼굴을 향해 캔을 던졌다. 캔은 검은 모자의 얼굴에서 픽 하고 터졌다. 캔 안에 있던 에너지 드링크가 놀란 검은 모자의 코와 입으로 들어갔다. 검은 모자는 소리를 지르며 쓰러졌다. 귤희의 생각대로였다. 검은 모자가 알백과 같은 외계인이라면 카페인이 가장 효과적인 무기였다. 알백은 커피를 먹고도 쓰러졌었다. 그보다 몇 배 더 많은 카페인이 담긴 에너지 음료라면 그들에겐 치명적일 것이다. 귤희는 그사이 문자를 확인했다. 예상대로 할머니한테 온 것이었다.

> 귤희야. 옥상으로. 나가서 오른쪽에 비상계단!

"잘했어! 알백, 가자!"

"으므므!"

귤희는 신나서 소리를 지르고 있던 알백을 불렀다. 그리고 핸드폰으로 유리 장식장의 정중앙을 깨고 검은 벨벳 상자 위에 담겨 있던 알피를 꺼내 안았다. 소리를 듣고 옆방에 있던 검은 모자가 달려왔다.

"뭐야!"

귤희는 문 바로 앞에서 유리 장식장을 향해 의자를 던져 버렸다. 와장창 깨진 유리 파편과 알피들이 바닥에 나뒹굴었다. 문앞에 그 조각들이 지뢰밭처럼 깔렸다. 조금이라도 시간을 벌 수 있을 것이었다.

귤희는 알백의 손을 잡고 밖으로 나가 오른쪽으로 뛰었다. 할머니의 문자대로 비상계단으로 향하는 문이 있었다. 귤희와 알백은 그 문을 열고 나갔다. 등 뒤로 광한길의 고함 소리가 들렸다. 광한길과 검은 모자들이 귤희와 알백 뒤로 따라왔다. 귤희는 계단을 달렸다. 이젠 저들 손에 잡히면 끝장이었다. 옥상에 올라가면 할머니가 있다. 할머니를 만날 수 있다. 그러나 할머니를 만나면, 그러면 광한길과 검은 모자를 따돌릴 수 있을까?

"아! 시원해! 강귤희. 괜찮아?"

알백은 그제야 자기 손으로 테이프를 뗄 수 있다는 걸 깨달은 것 같았다. 알백에게 하고 싶은 얘기가 많았지만 지금은 그럴 여유가 없었다.

"거기 서엇! 내 알피. 그거 조금이라도 다치면 너흰 살아서 못 나간다아!"

귤희는 앞만 보고 뛰었다. 귤희와 알백이 옥상 문을 통과했을 때, 광한길 일당은 바로 세 계단 아래 있었다. 문을 닫았지만 안쪽에서 걸쇠를 걸 시간은 없었다. 광한길 일당이 바로 문을 걸어찼다. 귤희와 알백은 환풍구 뒤쪽으로 뛰었다. 귤희는 뛰면서 할머니를 찾았다. 그런데 넓은 옥상 어디에도 할머니는 보이지 않았다.

환풍구 뒤쪽에 숨은 귤희와 알백은 거친 숨을 몰아쉬었다. 그러나 안전한 곳은 없었다. 그때 귤희의 핸드폰 알림음이 울렸다.

귤희는 급하게 무음 모드로 바꾸고 메시지 창을 열었다.

포기해!

할머니가 보낸 게 아니었다. 발신 번호는 00000000000. 광한길의 짓이었다. 귤희는 순간 고개를 들어 위를 쳐다봤다. 광한길이 자기를 노려보고 있는 것만 같았다. 다시 알림음이 울렸다. 핸드폰은 분명 무음모드였다. 그런데도 소리는 계속 났다. 그리고 00000000000이 보낸 메시지도 계속됐다.

네가

아무리

발버둥

> 쳐도
>
> 넌
>
> 도망칠 수
>
> 없어어어어어어!

핸드폰에서 나는 소리를 막을 수가 없었다. 귤희와 알백은 핸드폰을 움켜쥐고 주위를 두리번거렸다. 할머니는 어디 있을까. 설마 벌써 광한길에게 잡힌 것일까… 그때.

"뱅!!!"

광한길이 귤희의 눈앞에 나타났다.

"아아악!!!!!!!"

귤희와 알백은 다시 도망쳤다. 둘이 도착한 곳은 옥상 난간 앞이었다. 귤희와 알백은 돌아섰다. 광한길과 검은 모자가 다가오고 있었다.

귤희는 배낭 안으로 손을 넣었다. 남아 있는 두 개의 캔을 알백과 하나씩 나눠 들었다. 그리고 다른 손에 광한길의 알피를 높이 들었다.

"심장 같은 거라고 했지? 이거. 당신 알피 능력이 떨어져서 다른 알피를 뺏는 거라고 해도 원래 자기 심장 없인 못 사는 거 아니야? 우릴 놔주지 않으면 이걸 여기서 던져 버릴 거야!"

"너 정말 겁이 없구나아!"

광한길의 눈빛이 이글거렸다. 광한길은 검은 모자들에게 눈짓을 보냈다. 검은 모자 셋이 흩어져서 귤희와 알백 쪽으로 다가섰다.

"내가 얼마가 겁이 없냐면!"

귤희는 옥상 난간 위로 올라섰다.

"강… 강귤희…."

겁먹은 표정의 알백도 귤희의 옆에 올라섰다. 귤희는 광한길의 알피를 옥상 바깥쪽으로 내밀었다.

"꺼지는 게 좋을 거야. 난. 한다면 하니까."

"조… 조심해!"

"쟤들부터 내려보내!"

귤희는 검은 모자들을 가리켰다.

광한길의 신호를 받은 검은 모자들이 뒷걸음질 쳤다. 그 모습에 긴장이 조금 풀린 귤희의 팔이 약간 내려왔다. 광한길은 그 틈을 놓치지 않았다.

지잉.

귤희의 왼쪽 주머니에 있던 핸드폰이 진동했다. 여전히 무음 모드였지만 이번엔 광한길의 메시지가 진동으로 울린 것이다. 깜짝 놀란 귤희는 중심을 잃었다. 그 틈에 귤희를 향해 검은 모자 하나가 뛰었다.

"거기 서!"

환풍기 뒤에서 할머니가 나타났다. 할머니가 검은 모자를 막으러 달려오고 있었다.

"할머니!"

귤희가 휘청하는 것을 본 알백이 귤희를 잡았다. 귤희는 알피를 잡고 있는 손에 힘을 주다 난간 밖으로 기울어졌다. 난간 밖으로 귤희가 떨어졌다. 귤희의 손을 잡고 있던 알백도 따라 미끄러졌다. 난간 안에서 알백을 잡은 건 광한길이었다.

"으… 내 알피부터 올려보내."

귤희의 손에서 힘이 점점 빠지고 있었다. 그건 알백도 마찬가지일 거였다.

"귤희야!"

광한길의 옆으로 할머니의 얼굴이 보였다. 검은 모자 하나가 할머니를 붙들고 있었다.

"할머니!"

왜 이제야 나타나선… 귤희의 볼을 타고 눈물이 흘렀다.

"자, 여기에 알피부터 넣어. 그럼 너흴 끌어올려 줄게."

광한길이 검은 모자를 시켜 내려보낸 건 귤희의 배낭이었다. 귤희는 알백을 올려다봤다. 알백의 손에서 점점 힘이 빠지고 있었다. 귤희는 광한길의 말을 믿지 않았다. 귤희가 알피를 올려보내도 광한길은 약속을 지키지 않을 것이다.

"알백 먼저 당겨 줘. 알백이 난간으로 올라가면 알피부터 줄

게.”

“아니야. 강귤희까지 다 올려. 그래야 돼!”

알백이 소리쳤다. 광한길은 귤희의 눈을 노려봤다. 그러곤 검은 모자들과 함께 알백을 끌어올렸다. 알백이 난간에 한쪽 상체를 기댄 걸 보고 귤희는 눈을 감았다. 광한길은 이미 할머니를 잡았다. 이제 귤희는 필요없는 미끼일 것이다.

“알백. 내가 시간을 벌게. 할머니랑 도망쳐.”

귤희는 알백에게 들릴 만한 소리로 말했다. 알백은 귤희의 말이 무엇인지 알아챘다.

“안 돼! 강귤희! 빨리 귤희를 끌어올려!”

알백이 소리쳤지만 귤희는 알백에게 잡힌 손을 풀었다. 알백은 끝까지 귤희의 손을 놓지 않으려 했지만 손을 비틀며 놓아 버린 귤희를 잡을 순 없었다. 귤희는 미끄러졌다. 아래로, 아래로….

“안 돼애!!!”

알백과 광한길, 할머니의 비명소리가 들렸다. 귤희와 함께 떨어진 광한길의 알피가 깨진다면 광한길은 소멸할 것이다. 심장 없이 살 순 없을 테니까… 그럼 알백과 할머니는 도망칠 수 있었다. 살 수 있었다. 그거면 됐다고 귤희는 생각했다. 그런데 그건 귤희의 판단 착오였다. 알백은 그럴 수 없었다. 유일한 존재가 눈앞에서 사라지는 걸 그대로 볼 수 있는 알백이 아니었다. 알백은 귤희를, 유일한 귤희를 따랐다.

"바보."

귤희가 한숨처럼 그 한마디를 내뱉을 때 이상한 일이 일어났다. 귤희는 처음엔 그게 공기의 촉감인 줄 알았다. 공기 중으로 낙하하면 그런 걸 느낄 수 있는 것일까 생각했다. 그런데 그건… 공기라기보다는 체온 같은 느낌이었다. 공기는 잡을 수 없는 건데 촉감이라고 느껴질 만큼 귤희에게 뭉클하게 닿는 것이 있었다. 따뜻하고 젤리 같은 부드러운 촉감. 뭉근 것… 투명하고 따뜻한 점액질 같은 그것에 휩싸여 귤희는 떨어지고 있었다. 귤희의 곁엔 알백도 있었다. 이대로 떨어지는 건 끝이 아닐 것 같았다. 안전하고 안전한 느낌. 이 투명하고 따뜻한 점액질이 귤희를 보호하고 있다는 생각이 들었다. 누군가의 품에 안긴 듯 심장 뛰는 소리도 들렸다. 귤희는 거대한 알 안에 담긴 기분이 들었다. 무섭지 않았다. 어디선가 희미한 막걸리 냄새가 났다. 귤희는 그제야 알 것 같았다.

'할머니….'

귤희를 안아 준, 이 따뜻하고 단단한 알은 할머니라는 걸.

귤희와 알백이 땅 위로 떨어진 건 아기 새가 알을 깨고 나온 것과 비슷했다. 축축한 점액질에 휩싸인 귤희와 알백은 털끝 하나 다치지 않고 깨어났다.

'처음'으로 가득한 날

"귤희야···."

"귤희야."

"일어나야지."

귤희를 깨운 건 할머니의 목소리였다.

"다 왔다. 그만 일어나야지."

귤희는 무거운 눈꺼풀을 힘겹게 들어 올렸다. 조금씩 잠이 깨자 귤희의 귀에 기차가 달리는 소리, 객실 안의 말소리가 들려왔다. 귤희는 할머니와 여행을 가는 중이란 걸 떠올렸다.

'드디어 도착했나?' 하는 생각을 하며 눈을 떴을 때 귤희의 눈에 들어온 건, 하얀 세상이었다. 창밖은 눈의 나라였다. 시리도록 하얀 눈이 들과 나무, 지붕과 길 위를 꼼꼼하게 덮고 있었다.

그 세상이 비현실적으로 느껴져서 귤희는 한참을 쳐다봤다.

그때, 상큼한 귤 향이 퍼졌다. 할머니는 귤을 까서 귤희에게 반쪽을 떼어 주었다.

"한 정거장 남았어. 이거 먹고 잠 깨자."

귤희는 받아 든 귤을 한꺼번에 입에 넣고 씹었다. 새콤하고 단 과즙이 입안에서 터졌다. 입안을 가득 채운 즙이 새어 나올까 봐 귤희는 두 손으로 입을 막았다. 그 모습을 보던 할머니가 웃으며 말했다.

"급하긴. 하나씩 떼 먹으면 되지. 그런 것도 똑 닮았네."

귤희가 '누굴 닮았는데?' 하고 물으려는 그때, 안내 방송이 나왔다.

"이번 역은 태백. 태백입니다."

드디어 목적지에 도착했다.

귤희가 여덟 살이 되었던 해의 2월, 할머니와 떠난 최초의 여행이었다. 초등학교 입학을 앞두고 할머니가 여행을 가자고 했을 때 귤희는 놀랐고, 행복했다. 약속한 여행 날짜가 다가올수록 풍선처럼 커지는 자기 마음이 터져 버리기라도 할까 봐 귤희는 매일 밤 걱정을 했다.

'슈퍼에 바쁜 일이 생기면 못 갈 수도 있어.'

'기차를 놓쳐서 못 갈 수도 있어.'

'감기에 걸리거나 아프면… 못 갈 수도 있어.'

귤희는 속으로 그런 말들을 중얼거리며 풍선이 부풀어 오르는 속도를 줄여 보려고 했다. 그러나 아무리 노력해도 풍선은 작아지지 않았다. 풍선이 부풀어 오르기만 해서 불안해하던 날들 끝에 드디어 약속한 날이 되었다.

그날 아침, 귤희는 가슴 속 풍선에서 조금이라도 바람을 빼려고 노력했다. 풍선은 이미 위험한 상태였기 때문이다. 도착하기도 전에 펑 하고 터져 버릴지도 몰랐다. 귤희는 할머니가 입학 선물로 사 준 보라색 가방에 자기가 생각하는 준비물들을 넣었다. 물병을 넣었고, 작은 수첩과 연필도 넣었다. 그리고 할머니와 먹을 귤을 챙겨 넣었다. 그러면서 입술을 동그랗게 말고 호, 호, 하며 작은 바람을 뱉어 냈다. 도착할 때까지 풍선이 안전하길 바라면서.

귤희는 그날 처음으로 기차를 타 보았다. 태백 역시도 처음가 보는 곳이었다. 모든 것이 처음으로 가득한 날이었다.

태백역에서 내린 귤희와 할머니가 찾아간 곳은 눈꽃 축제가 한창인 행사장이었다. 대산초등학교 운동장의 몇 배는 되어 보이는 행사장에는 눈과 얼음으로 만든 조각상이 가득했다. 흰 천막이 세워진 행사장 부스 뒤로 눈썰매장이 보였다. 흰 눈 위로 사람들의 웃음소리가 빼곡했다. 귤희는 발뒤꿈치를 톡톡 부딪치며 그 모습들을 보았다. 모두가 행복해 보였다. 그 행복한 마음들이 그대로 눈 속에, 얼음 속에 스며들 것 같았다.

"그대로네."

할머니의 입에서 뽀얀 입김이 나왔다. 귤희와 할머니는 행사장 곳곳의 눈 조각상을 빼놓지 않고 둘러봤다. 행사장 가장 뒤쪽엔 얼음으로 만든 성이 있었다. 눈의 여왕이 살 것 같은 성은 멋있었지만 귤희는 어서 눈썰매장으로 가고 싶었다.

"귤희야."

귤희는 할머니를 올려다봤다.

"할머니, 약속 지킨 거다."

"무슨 약속?"

"너 학교 들어갈 나이 되면 같이 여기 다시 오기로 했었어."

귤희는 고개를 갸웃했다. 할머니한테 그런 얘길 들었던 기억은 없었다. 게다가 귤희에겐 모든 게 '처음'인 날인데 '다시' 오기로 약속을 했다니. 할머니에게 그런 약속은 한 적이 없다고 말하려는데 할머니가 귤희가 아니라 하늘에게 말을 하고 있었다.

"난 약속 잘 지키고 있다."

귤희는 그때 할머니 눈가에서 반짝이는 것을 봤다. 귤희가 '눈인가?' 생각하고 있을 때 할머니가 물었다.

"눈썰매 탈래?"

"응!"

귤희는 보라색 배낭을 할머니에게 건네고 눈썰매장으로 뛰어갔다. 이제 풍선은 겁나지 않았다. 귤희 안에서 가득 부풀어 오른 풍선은 절대 터지지 않을 것이란 걸 알았기 때문이다. 귤희의 풍선은 통. 통. 귤희 안에서 튀어 오르며 귤희를 간질였다. 귤희는, 행복했다.

"귤희야."

귤희가 행복했던 그날의 꿈을 꾸고 있을 때 다시 할머니의 목소리가 들렸다.

혁거세 슈퍼 앞, 파란 플라스틱 의자에 앉아 졸고 있던 귤희는 벌떡 일어났다. 할머니의 목소리였다! 드디어… 할머니가 깨어난 것이다.

"어, 할머니. 나 여기 있어!"

귤희는 슬리퍼를 다 꿰어 신지도 못하고 가게 안쪽으로 뛰어들어갔다.

혁거세 슈퍼 밖으로 귤희와 할머니의 목소리가 들려왔다.

"막걸리 좀 다오."

"아, 여기 여기. 진국 막걸리 여기 있어."

진국 막걸리는 지금의 할머니에게 가장 필요한 약이었다. 귤희가 그동안 그냥 막걸리라고 알고 있던 그것은 외계인들에겐 충전 음료와 같은 것이었다. 진국만이 만들 수 있는 특별한 막걸리였던 것이다.

"그래. 너… 다친 데 없지?"

"전혀. 털끝 하나 다친 데 없어. 그런데 할머닌…."

"이거 마시면서 며칠 더 쉬면 된다."

"할머니…."

"왜?"

"할머니 알피 팔려고 하고, 나는 정아 이모한테 부탁하고… 왜 그랬어?"

"그땐 딴 방법이 없었잖아. 당장 슈퍼도 집도 다 밀려서 없어진다는데… 은경이한테 너는 꼭 지키겠다고 약속했으니까."

"이젠 나하고 약속해. 내 옆에 꼭 붙어 있는다고."

"약속은 무슨… 아이고. 힘들어서 난 좀 누우련다."

귤희는 돌아눕기 전 할머니 얼굴에 슬쩍 비친 미소를 보았다.

할머니가 다시 잠들자 귤희는 할머니의 알피를 정성스레 닦았다. 그날, 진국이 때맞춰 달려와 주지 않았다면 할머니와 알피를 안전하게 데려오기 힘들었을 것이다. 할머니의 희고 둥근 알피 한쪽엔 작은 구멍이 나 있었다. 귤희는 그것이 무엇인지 알 것 같았다. 엄마의 반지를 거기에 대 보았다. 반지의 하얀 알은 그 구멍에 꼭 맞았다. 귤희는 이제야 알 것 같았다. 그날 태백의 눈꽃 축제에서 할머니가 말한 약속은… 할머니의 '유일한 사람'이었던 엄마와의 약속이었다는 걸.

귤희는 할머니가 깨지 않게 조심조심 밖으로 나왔다.

다시 가수리

귤희가 핸드폰을 켜자마자 진동이 계속 울렸다. 유튜브 알림이었다. 계속되는 진동에 몸을 떨던 핸드폰은 어느새 테이블 끝까지 밀려와 있었다. 귤희는 심호흡을 한 번 하고 '채널 ㄱㅅㄹ'을 열어 보았다. 알백이 올렸던 영상을 지웠지만 귤희의 채널엔 아직도 그 영상에 대한 댓글이 이어지고 있었다. 가수리의 밤하늘 영상들의 조회 수도 모두 10만 회를 넘겼다. 귤희는 알백을 만나기 전에 올렸던 가수리의 겨울밤 하늘 영상에 달린 댓글을 읽어 보았다.

– 저기 영상 귀퉁이에 작은 점, 저게 그 외계인이 보내는 빛 아니었을까요? 가수리로 날아오기 전부터 계속 신호를 보내고 있었다니… 역시

가수리는 특별한 곳인 것 같습니다.

‑ 전 이번 주말에 성지순례 갑니다. 혹시 모르잖아요. 저도 또 다른 박
  혁거세를 만날지!

‑ 아직도 그 영상 믿는 사람 있나요? ㅋㅋ 그거 다른 채널에서 낱낱이
  분석했잖아요. 다 주작이었다고.

‑ 진실은 언제나 믿는 사람에게만 보이는 거죠. 전 주작 아니라고 확신
  합니다.

귤희는 다른 영상의 댓글들도 살펴봤다. 귤희의 채널에 남겨
둔 가수리의 하늘 영상 중 가장 최근의 것은 서울로 떠나기 전에
올렸던 가수리의 낮 하늘 영상이었다. 그 영상에도 길고 긴 댓글
들이 달려 있었다. 그런데 내용에서 조금 차이가 있었다. 외계인
이야기보다 박혁거세 테마파크와 가수리에 대한 것들이 많았다.

‑ 예전에 박혁거세 테마파크 다녀왔던 기억이 나네요. 조용하고 한적
  한 시골 마을 한가운데에서 시간 여행을 하고 온 기분이었어요. 한번
  가 보시는 거 추천합니다.

‑ 거기 없어질 거래요! 홈페이지에도 나와 있더라구요. 관람객이 거의
  없어서 폐쇄하게 됐다는… 아쉬워요. 성지순례 가서 박혁거세 빵도
  먹어 봤어야 하는데!

‑ 그 테마파크 골프장으로 바뀐다고 합니다. 가수리 지금 엄청 시끄러

워요. 주민들 대다수는 골프장이 들어오는 걸 반대한다고 하네요.

– 박혁거세 테마파크가 없어진다고요?! 안 돼!!!

알백은 럭비공 같은 존재였다. 어디로 튈지 모르는 럭비공.

알백이 던진 영상은 전혀 다른 곳을 향해 튀어 올랐다. 박혁거세 테마파크가 어디에 있는지도 모르던 사람들은 그것이 사라지는 것을 안타까워하기 시작했다. '채널 ㄱㅅㄹ'을 폐쇄하려던 귤희는 그 새로운 파도를 지켜보기로 했다. 그리고 다음 날 아침, 귤희는 그 파도가 혁거세 슈퍼 바로 앞까지 밀려온 걸 볼 수 있었다.

박혁거세 테마파크 앞으로 빨간 관광버스들이 몰려들었다. 유튜버로 보이는 사람들이 테마파크 앞에 걸린 연주C.C 현수막을 찍으며 가수리의 상황을 생중계했다. 그들이 하는 말을 들으니 어제 연주군청 홈페이지와 전화는 마비가 됐었다고 했다. '성지순례'를 온 사람들은 박혁거세 테마파크 정문에 서서 인증 사진을 찍느라 바빴다. 귤희는 이 놀라운 전개에 입이 다물어지지 않았다. 귤희가 혁거세 슈퍼 앞에 서서 그 모습을 지켜보고 있을 때 등 뒤에서 부스럭거리는 소리가 났다. 할머니였다. 할머니가 기념품 테이블을 펴고 있었다.

"할머니!"

"깜짝이야! 왜 소리는 지르고 그러냐. 아, 뭐 해. 빨리 안에서 상자 들고 와. 테마파크 닫기 전에 재고 다 털어야 할 거 아니야. 저 사람들 가기 전에 서둘러. 아! 알배기! 알배기 불러라. 걔가 와야 사람들이 모이지."

저 적응력과 억척스러움도 할머니 알피의 능력일까? 귤희는 입을 벌리고 할머니를 쳐다봤다.

귤희는 가게 안에서 기념품 상자를 들고 나왔다. 테이블 위에 박혁거세 테마파크의 마그넷과 인형들을 꺼내 올려두다가 비닐째 들어 있던 게르마늄 팔찌를 보았다. 귤희가 그 봉지를 꺼내 올리자 할머니가 잽싸게 낚아챘다.

"그거… 다 가짜다. 알피 충전에 좋다고 팔 때부터 가짜 거 알고 있었어. 흠. 흠."

할머니는 게르마늄 팔찌 뭉치를 들고 가게 안으로 들어갔다.

'그래요. 다 알았겠지. 할머닌. 치.'

귤희는 할머니의 거짓말을 믿어 주기로 했다. 게르마늄 팔찌를 보자 광한길의 기사가 떠올랐다. 광한길은 다른 강사의 강의 후기 댓글을 조작한 혐의로 조사 중이었다. 알백이 제보한 영상이 너무나 확실해서 처벌을 피하기 힘들 것이다.

귤희는 알백을 찾아 두리번거렸다.

"깡!"

쇠를 두드리는 소리였다. 그리고 사람들의 박수 소리가 들렸다. 귤희는 고개를 저으며 일어섰다. 안 봐도 알 것 같았다. 알백이 던진 돌멩이가 박혁거세 테마파크에 걸린 현수막을 뚫고 철문에 부딪치는 소리였다. 귤희는 다시 파란 플라스틱 의자에 앉았다. 안 봐도 알 수 있는 알백의 표정을 상상하고는 지금은 그냥 두자고 생각했다.

가수리 정류장 쪽에서 뽀얀 먼지를 일으키며 연주군 마크가 그려진 트럭과 검은색 승용차가 올라오고 있었다.

귤희의 바지 주머니에 있던 핸드폰이 진동했다. '채널 ㄱㅅㄹ' 댓글 알림이었다.

- 연주군청에서 박혁거세 테마파크 폐쇄 계획을 취소하기로 했대요.
- 오. 지금 문 닫으면 바보죠. 인스타에도 박혁거세 테마파크 예전 사진 엄청 올라왔어요. 이 정도면 재개장 가야죠!

박혁거세 테마파크 정문 앞에 선 승용차에서 내린 연주군수가 티켓 부스 옆 계단 위로 올라가고 있었다. 그 뒤로 알백도 따라 올라가려다 다른 직원들에게 제지를 당했다.

귤희는 냉장고에서 캔 커피 하나를 꺼냈다. 달콤하고 시원한 커피를 한 모금 마시며 그 모습들을 느긋하게 바라보았다.

별이 빛나는 밤에

혁거세 슈퍼 앞엔 파란 플라스틱 의자 5개와 테이블이 놓여 있었다. 귤희가 먼저 나와 첫 번째 의자에 앉았다.

"빨리들 나와요. 이러다 놓치겠어."

귤희가 혁거세 슈퍼 안쪽을 향해 소리쳤다. 귤희의 목소리에 옥수수 바구니를 든 할머니와 유리잔이 담긴 쟁반을 든 보라 언니, 콘 아이스크림을 먹고 있는 알백과 막걸리 병을 든 진국이 나왔다. 다섯 개의 파란 의자가 꽉 찼다.

"이런 날이 다 오네. 가수리에서 불꽃놀이라니. 하."

할머니가 진국의 잔에 막걸리를 따르며 말했다.

"선거 다가오잖아요. 연주군수가 기회는 이때다 싶은 거죠."

보라 언니가 할머니에게 잔을 내밀며 말했다.

"보라야. 넌 이 막걸리 못 먹어. 알잖아. 이건…."

"치. 알았어요. 그냥 궁금해서 한번 해 봤어요."

펑!

그때 박혁거세 테마파크의 하늘 위로 커다란 불덩어리가 올라갔다. 까만 밤하늘로 올라간 불덩어리는 화려한 빛으로 쪼개지며 터졌다. 밤하늘 위로 형형색색의 불꽃이 만개했다.

"와…."

"예쁘네. 예뻐."

"지구인들 대단하네. 저런 것도 만들 줄 알아?"

"좋다…."

저마다 한마디씩 감탄을 쏟아 냈다. 진국만 말이 없었다. 귤희는 진국의 옆모습을 바라봤다. 진국은 말없이 막걸리를 마시며 하늘을 바라보고 있었다. 그리움이 가득한 표정이었다. 귤희는 진국이 자신의 '유일한 사람'이었던 사람, 지구인들이 진국의 아버지라고 생각했던 사람을 떠올리고 있을 것이라고 생각했다.

아름답고 행복한 밤이었다. 재개장하는 박혁거세 테마파크의 에너지 때문일까. 귤희는 가수리가 무언가로 꽉 채워져 있는 것만 같았다. 불꽃이 사라진 가수리의 하늘마저 달라 보였다. 귤희는 핸드폰으로 별이 빛나는 가수리의 밤하늘을 찍어 '채널 ㄱㅅㄹ'에 올렸다.

바로 댓글이 달렸다.

　　　　　　　　　　　　　별이 빛나는 밤에

– 오. 오랜만에 올라온 가수리 하늘!

– 이 채널 그 박혁거세 외계인 영상 때문에 뜬 건데… 여전히 아무것도

없는 하늘만 올리네? 매일 보는 하늘 지겹지도 않나?

– 아무것도 없긴? 저 하늘에 빽빽하게 박힌 별 안 보임?

– 그리고… 지겨우면 그걸 찍어서 올리겠음?!

귤희는 피식 웃었다.

"강귤희. 왜? 왜 웃어?"

알백이었다.

"그냥."

귤희는 둥그렇게 모여 앉은 파란 의자들을, 그 의자에 앉은
존재들을 바라봤다. 이 다섯의 존재만으로도 가수리가 꽉 채워
진 기분이었다. 귤희 안에 있던 풍선이 통통 튀어 올랐다.

에필로그

재개장한 박혁거세 테마파크에서 촬영하기로 한 드라마 〈김수로〉 제작 소식으로 가수리엔 훈풍이 불었다. 할머니는 그 훈풍을 놓치지 않았다. 혁거세 슈퍼 앞의 기념품 테이블엔 '수로왕' 마그넷과 열쇠고리가 추가됐다.

그 훈풍을 놓치지 않은 건 알백도 마찬가지였다. 드라마 김수로 제작진이 현장 답사를 위해 박혁거세 테마파크 앞에 나타나자 제일 먼저 달려간 게 알백이었다. 마침 테마파크 안내 가이드가 필요하던 관리소장의 눈에 낯익은 알백이 들어왔다.

"너. 아르바이트 하나 해 볼래?"

그렇게 알백은 드라마 제작진에게 박혁거세 테마파크와 가수리 곳곳을 안내하는 일을 하게 되었다. 역시나 알백의 순수함에 빠진 드라마 피디는 알백에게 김수로의 아역을 제안했다. 드라마의 시작 부분에 해당하는 짧은 장면이라고 했다.

"그런데 김수로가 누군데요?"

"아… 학생 김수로 모르는구나… 음. 왕이야 왕. 금관가야의 왕. 박혁거세처럼 알에서 태어났지."

알백은 '왕'이 무엇을 말하는지 알고 있었다. 게다가 박혁거세처럼 알에서 태어난 왕이라니. 알백은 꼭 해 보겠다고 했다.

그리고 촬영이 있던 날. 알백은 금으로 수를 놓은 붉은 옷을 입고 화려한 금관을 썼다. 궁궐의 가장 높은 곳에 앉아 있는 알백은 늠름해 보였다. 알백의 아래로 수십 명의 신하가 머리를 조아리고 있었다. 알백은 당당한 자세로 앉아 그들을 흐뭇하게 바라보았다. 그러나 그런 알백의 표정은 화면에 잡히지 않았다. 텔레비전 화면에 나온 그 장면은 부감으로만 잡혀 알백의 모습은 화려한 전경 속에 콩알만 하게 보였다. 그래도 상관없었다. 알백은 행복한 얼굴로 기억 속 그 장면을 보고 또 보았다.

이야기의 씨앗은 특별한 시계를 가지고 있어서 그 발아의 시기를 알 수 없다.

《혁거세 슈퍼》의 씨앗도 그랬다. 솔직히 말하자면, 나는 그것이 씨앗인지도 모르고 있었다.

7년 전쯤이었던 것 같다. 가족들과 지방의 역사 드라마 테마파크를 방문했었다. 드라마에서 보았던 것과 달리 테마파크는 기대보다 단출한 모습이었다. 그날은 뜨거운 여름날이었고, 종영된 지 한참이 지난 드라마의 테마파크에는 우리 가족뿐이었다. 역사 드라마 세트장이 아니었다면 쇠락한 모습이 더 도드라져 보였을 것 같은 그곳에서, 우리는 이질적인 방문자가 되어 짧은 관람을 마쳤다.

그날의 기억은 덥고 실망스러웠던 것으로만 남아 있었다. 그리고 몇 년의 시간이 지난 어느 날, 그 기억 속 장면에 한 아이가 등장했다. 기억 속에 숨어 있던 이야기 씨앗을 처음 대면하게 된 것이었다. 쇠락한 테마파크 앞에 있는 그 아이를 발견하고도 다시 한참의 시간이 지났다. 그러다 그 아이 옆에 또 다른 아이가 함께 서 있는 장면이 나타나고 나서야 첫 문장을 쓸 수 있었다.

외롭지만 다른 누군가에게 짐이 되기 싫은 귤희에게는 알백이 필요했다. 귤희와 알백이 그려지고 나서야 이 이야기 씨앗에서 순이 올라온 것은 그래서였을 거라고 생각한다.

귤희에게 든든한 존재들을 만들어 주고 싶었다. 알백과 할머니, 보라 언니와 진국. 귤희 옆에 이들의 자리가 하나씩 늘어 갈수록 이야기가 자라났다. 귤희를 혼자 두지 않게 되어서 다행이었다.

이 마음은《혁거세 슈퍼》를 읽을 청소년 독자들을 향한 마음이기도 했다. 누구에게든 당신은 '유일한 사람'이라고, 부디 당신의 알피가 깨지지 않게 조심해 달라고 이야기하고 싶었다.

《혁거세 슈퍼》앞에는 당신을 위한 의자가 준비되어 있다. 귤희와 알백 곁에서 가수리의 밤하늘을 함께 바라볼 수 있는 자리이다. 당신이 찾아온다면 귤희와 알백은 아무렇지 않은 듯 파란 플라스틱 의자 하나를 꺼내 놓을 것이다. 당신이 그 아이들과 함께 가수리의 밤하늘을 찍어 보고, 귤을 나눠 먹으며 웃을 수 있으면 좋겠다.

《혁거세 슈퍼》가 책이 되기까지의 여정을 함께해 준 모든 분

들께 감사드린다. 혼자였다면 아직도 길 위 어딘가에서 헤매고 있었을지 모른다.

응원이 필요할 때 이름을 불러 준 경기문화재단과,《혁거세 슈퍼》를 반갑게 맞아 주신 도서출판 다른 대표님과 편집자님께 도 감사를 전한다.

청소년들 곁에 있을 수 있는 이야기 씨앗을 열심히 품어 보 겠다고 다짐해 본다.

2023 겨울의 입구에서

송우들

도넛문고
06

다른 포스트

뉴스레터 구독

혁거세 슈퍼

초판 1쇄 2023년 12월 18일

지은이 송우들

펴낸이 김한청
기획편집 원경은 차언조 양희우 유자영
마케팅 현승원
디자인 이성아 박다애
운영 설채린

펴낸곳 도서출판 다른
출판등록 2004년 9월 2일 제2013-000194호
주소 서울시 마포구 동교로27길 3-10 희경빌딩 4층
전화 02-3143-6478 **팩스** 02-3143-6479 **이메일** khc15968@hanmail.net
블로그 blog.naver.com/darun_pub **인스타그램** @darunpublishers

ISBN 979-11-5633-594-8 44810
    979-11-5633-449-1 (SET)

* 이 책은 경기도, 경기문화재단의 지원을 받아 발간되었습니다.

다른 생각이
다른 세상을 만듭니다